U0081272

狼與辛香料 XVII

Epilogue

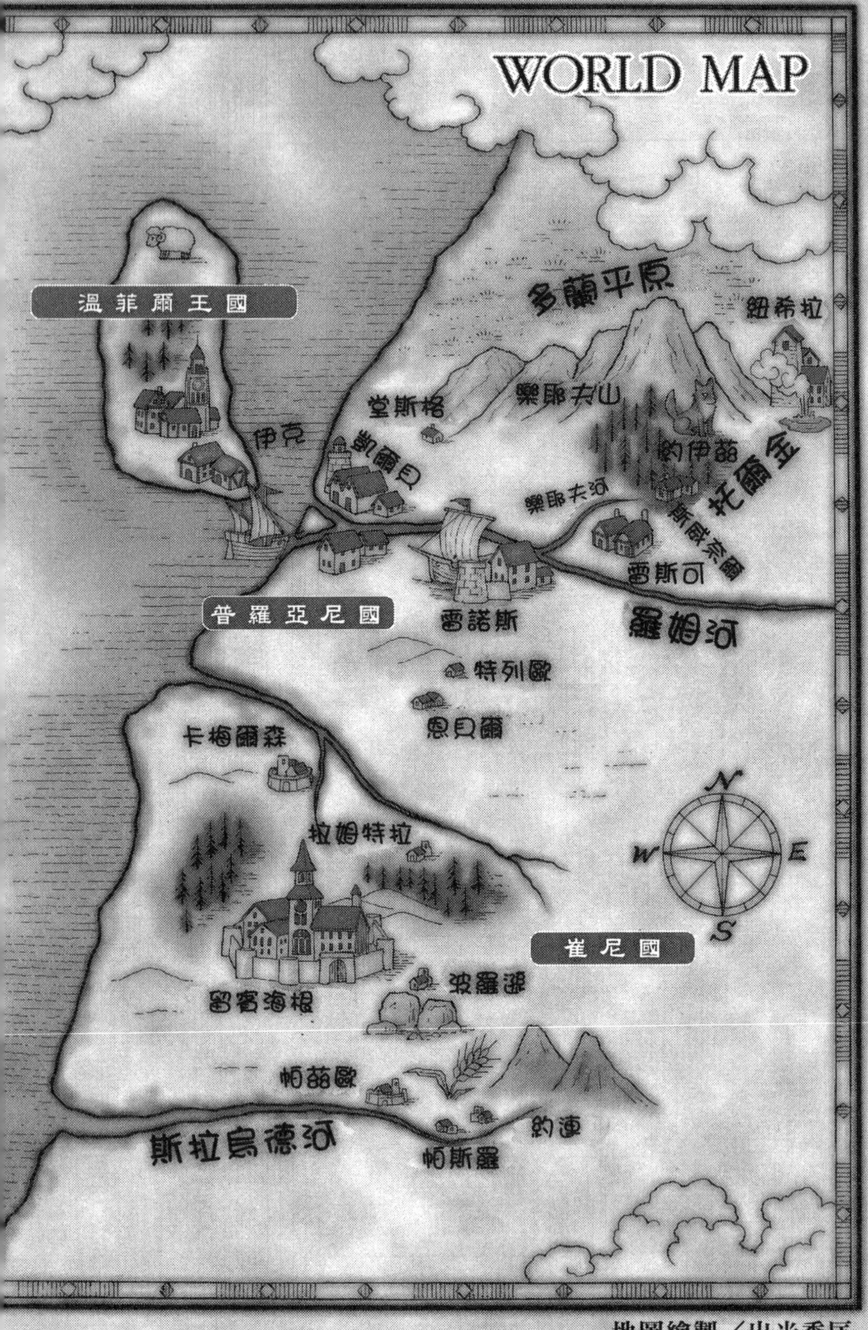
WORLD MAP
溫菲爾王國
多蘭平原
紐希拉
樂耶夫山
堂斯格
伊克
凱爾貝
約伊茲
托爾金
樂耶夫河
斯威奈爾
雷斯可
普羅亞尼國
雷諾斯
羅姆河
特列歐
恩貝爾
卡梅爾森
拉姆特拉
N
W
E
S
崔尼國
留賓海根
波羅遜
帕茲歐
約連
斯拉烏德河
帕斯羅

地圖繪製／出光秀匡

狼與辛香料

XVII

Epilogue

支倉凍砂
Isuna Hasekura

Illustration
文倉 十
Jyuu Ayakura

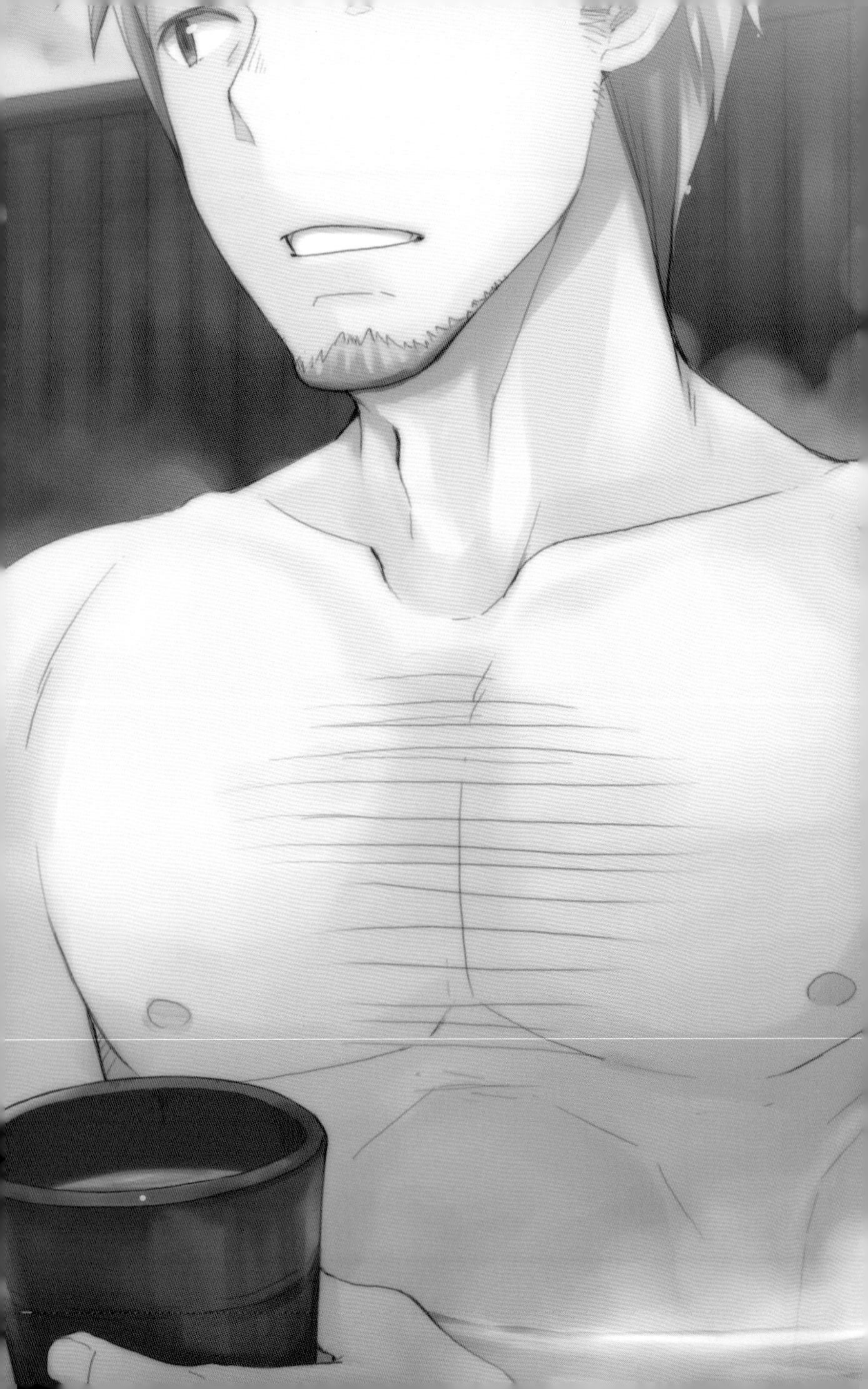

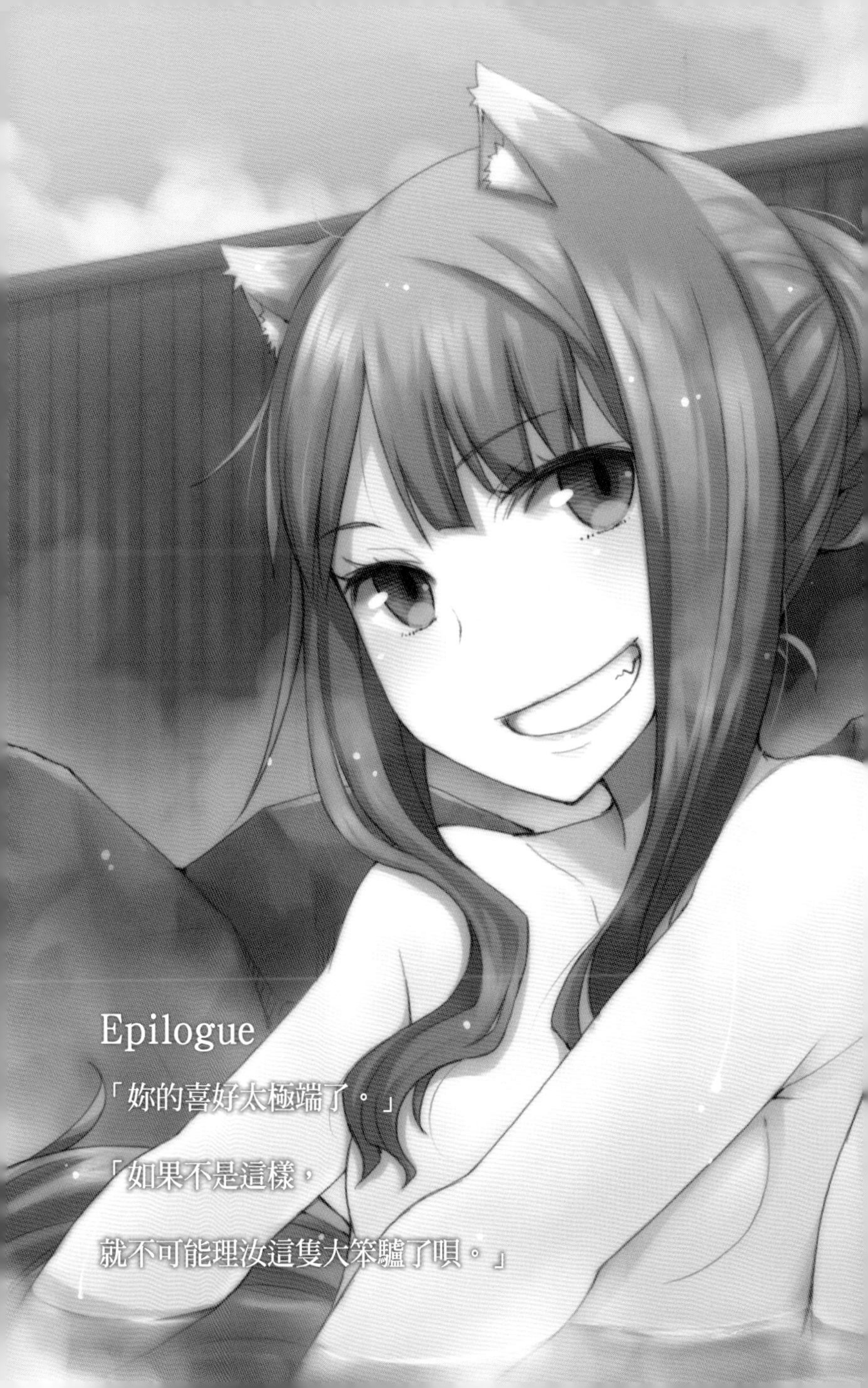
Epilogue
「妳的喜好太極端了。」
「如果不是這樣，
就不可能理汝這隻大笨驢了唄。」

「這些東西……」
說著，弗理德拿起頭盔，
摸了摸有些受到擠壓的額頭部位後，
一副感到懷念的模樣瞇起眼睛。
或許那頂頭盔過去曾經與弗理德一同在戰場上奔馳，
並保護了弗理德的性命。
「你願不願意幫我換成現金啊？
雖然這東西很笨重，搬起來挺累人的。」
旅行商人與深灰色騎士

羅倫斯先生與赫蘿小姐又在吵架了。
吵架原因是，吃晚飯時分給赫蘿小姐的燉肉太少了。
狼與灰色笑臉

狼與白色道路

只要旅途還沒結束，就沒有人知道會發生什麼事。

不管開心的、悲傷的或痛苦的事情，都有可能在旅途上遭遇。

不過，只要有一條足夠讓兩人牽手同行的道路不斷延伸，

就能夠繼續往前行。

Contents

幕間

「喲！騎士大人，你好啊。」

在我躺在石階上享受陽光時，有人這麼搭腔。

雖然我有一個叫做艾尼克的氣派名字，但名字畢竟是名字，能夠擁有騎士這個別名也不賴。我態度大方地用鼻子嘆了口氣後，甩了一下尾巴。

「對了，祭司大人在裡面嗎？」

女子頭上綁著毛巾，兩手的袖子高高捲起，有著如熊般壯碩的體格。

我記得女子應該是桶子店的人。這時段早市的收拾工作也告一段落，距離午餐還有一段時間休息。或許女子是前來禱告或送供品吧。

我一邊這麼猜測，一邊打了一個大呵欠。

「在山丘附近玩耍的小朋友們告訴我有馬車要過來。所以，我猜想可能是祭司大人所說的人來了。」

「……」

我勉強撐起就快閉上的沉重眼瞼看向女子。

疲憊地挺起身子後，我走回聖堂裡去。

「不過啊，小朋友們說看到一輛全黑的馬車呢⋯⋯這聽起來不就像是幽靈馬車嗎？實在讓人很放心不下耶。」

在我的帶路下，女子以懷疑的口吻說道，但很明顯地，女子的好奇勝過疑心。

儘管外表像一隻熊，女子的個性卻像一隻貓。

「騎士大人你呢？你不跟著去嗎？」

雖然這城鎮的人們都會友好地向我搭腔，但如果都要一一回答，我哪受得了。

我沒有理會女子，繼續在迴廊上前進，並來到筆耕室前方。這裡是這座聖堂的主人——也就是祭司用來書寫重要文章或書本的房間。

前一陣子，由於舉辦春季的收穫祭典以及聖人慶典的緣故，可說是忙得焦頭爛額，但現在日子已恢復平穩。不過，城裡很少人會寫字，所以還是必須處理堆積如山的工作。祭司今天應該也是關在筆耕室裡埋首寫字。

照理說應該是這樣沒錯，但是——

「祭司大人，來接妳的馬車好像——」

因為筆耕室的門半開，所以女子一邊輕輕敲門，一邊走進去。

女子幾乎是條件反射性地把話吞了回去。被誇稱為祭司大人的主人，正趴在書桌上呼呼大睡。到了最近，氣候才逐漸變得暖和，主人每天早上總要掙扎一番，才爬得出被窩。

雖然主人長高了一些，頭髮也長了一些，但睡臉看起來還是很孩子氣。

我以吠聲取代咳嗽聲。

「汪！」

「唔……啊！」

主人醒來後，慌張地挺起身子。東張西望地環視四周一遍後，主人發現女子和我站在門口。書桌上堆了滿山的紙張和書本，但也放了縫到一半的衣服以及裁縫道具。

「啊！里夫金女士……啊！呃……哈哈……」

主人就像做壞事被抓到的小朋友般，把縫到一半的衣服以及裁縫道具往書桌最裡面塞，還自以為隱藏得很完美。

雖然只是暫代，但這畢竟是神職的相關工作，主人的舉止實在太欠缺深度了。

儘管已經過了好幾年，主人還是帶著孩子氣。

「我不會罵妳的啦。」

女子開懷大笑地說道。主人難為情地笑笑，旋即縮起身子，但與我視線交會時，卻帶著些許恨意瞪了我一眼。竟然怪到我頭上來，有沒有搞錯對象啊？

「那個，對了，有什麼事嗎？如果是要問公會的守護聖人祭典的準備進度，波滋先生已經幫我接了這個工作……」

「喔，不是啦。我聽說有馬車朝向城裡過來。我在想可能是祭司大人之前說過的人要來，所以來通知妳。」

「……馬車？」

「是啊。妳不是說過嗎？我忘了是什麼事情，但好像有人邀妳遠行。」

「……」

主人一臉愕然地看著女子，然後突然張大嘴巴倒抽了口氣。

「我以為是下星期——啊！那個，我失陪一下！」

主人撩起長長的下襬後，竟然沒禮貌地從房間跑了出去。

女子一邊深怕大肚腩掉下來似地捧著肚子，一邊豪邁大笑。

說真的，主人在外面引領羊隻那段時間還表現得比較穩重。

精靈諾兒菈。

主人擁有過這樣的頭銜，也曾經是個手腕高超的牧羊人。

現在的主人在頗具規模的城鎮擔任祭司，引導聚集在教會的羔羊。

這世上會發生什麼事情，真是難以預料。

或許是託主人天性認真的福，她在祭典或儀式等嚴肅的場合，都會散發出端莊的氣質，所以大致上都應付得有模有樣。

主人不僅能忍受飢餓寒冷，還能夠以了不起的手腕徹底保護羊隻不受狼或狐狸攻擊。不知道是不是因為如此有骨氣，開始在城鎮定居後，我才發現主人意外地少根筋。

日期、數字、人名、禱告文、儀式程序……對於這些事項的概略，主人的掌握程度可說有令人驚異的表現，在一些細節上卻有所疏忽。

如果沒有我陪在身旁，主人還稱不上能獨當一面，真是傷腦筋啊。

「呃……衣服、食物，啊！還要帶聖經比較好吧。還有禱告書也要……咦？鞋子也要多帶幾雙比較好吧？可是，我以前根本沒穿過什麼鞋子……是要穿什麼鞋子才好啊……」

主人一邊用手撫順留長到背部的金髮，一邊對著散亂的行李拚命做準備。主人拉出當初來到這城鎮時穿的衣服，但衣服顯然已經不合身，真不知道主人打算怎麼處理。

我在門旁感到疲憊地嘆了口氣，然後趴了下來。

「啊～呃……還要記得帶信。呃……還有、還有……」

以前去野外引領羊隻時，根本不可能為了要帶什麼東西而煩惱。

原來是這麼回事啊，難怪教會要教誨人們捨棄擁有的東西，並且分享給無法擁有的人。擁有越多東西，旅途上就會越迷惘。所以，人生也是如此。

我用鼻子嘆了口氣後，主人聽到嘆息聲而看向我。

我心想「慘了」時，主人已經把圍裙揉成一團朝我丟來。

「艾尼克最幸福了，總是那麼悠哉！」

來到這城鎮定居了五年，已經記不清主人對我說過多少遍這種話。

主人說的當然不是事實了。

不過，對我而言，我在乎的不是今天的儀式進行得順不順利，而是今天的晚餐會有幾塊肉，就這麼簡單。

我沒理會在房間裡跑來跑去、宛若化作一陣暴風雨的主人，慢吞吞地從散發出主人味道的圍裙底下爬了出來。這時，有人敲打聖堂大門的聲音傳進耳中。

如果是城裡的人，我大概都記得他們的敲門方式。

此時傳來的敲門方式很陌生。

原來是外來的訪客。

或許可以用「地獄來的使者」來形容這次的訪客。

聖堂前方的馬路上聚集了不少人。

這座城鎮一度因為流行病而真的變成死城，但是，一群有勇氣的人們和一群不肯放棄的人們攜手同心，加上主人的一臂之力，終於為城鎮找回了繁榮。

外來者來到城裡的光景並不罕見，有時還會有帶著好幾十匹馬的商人集團經過城鎮。

儘管如此，訪客的驚人陣仗還是吸引了人們全副的注意力。那輛馬車由兩匹黑色的駿馬在前頭拉動，還有著全黑的車頂。另外還有一輛載著貨物的馬車，以及五、六名想必是護衛的壯丁跟隨在旁。

主人走出聖堂大門看見馬車的瞬間，整個人愣在原地。

隨即，主人拚命地想要用手梳理頭髮，但她原本就有些自然捲，所以根本就是白費工夫。而且，看見那傢伙從馬車走出來後，就會覺得用手梳理頭髮的舉動根本算不了什麼值得感動的努力。

高個子的女子並不少見。

不過，如果是帶著威嚴的高眺女子，就很難有機會遇到了。

「伊弗．波倫。」

女子道出姓名。她身材高眺，身軀纖細。女子纖細的身軀不是因為削瘦，而是徹底除去了多餘贅肉的感覺。雖然女子身上似乎薰染上了某種香味，但我嗅到許久不曾聞到的味道——那是在草原上奔馳的獸味。

「啊……呃……」

雖然還顯得慌張，但以稱職祭司之姿一路走來的主人，總算讓思緒聚焦起來。主人咳了一聲，重新振作精神，並挺直背脊露出笑容說：

「咳。我是諾兒菈・愛倫。」

雖然主人也長高了許多，但那個叫什麼伊弗的女子，還是足足高出主人一顆拳頭。而且，除了身高之外，似乎還有別的因素讓主人顯得有些畏縮。這五年來主人身上多少長了一些肉，但與眼前這名如狼般的女子相比，有些部位還是看得出明顯差距。

或許，也是因為一邊高高挺起胸膛，而另一邊弓著背，才會有所影響吧。

伊弗身穿不用以調節體溫、純粹用來裝飾的皮革旅行服裝。打扮如貴族般的伊弗把主人從頭到腳看了一遍後，輕輕嘆息說：

「那傢伙果然……」

「咦？」

主人反問道。伊弗用力眨了眨長長的睫毛後，這麼說：

「沒事。看來衣食方面應該由我這邊來負責比較好吧，如果妳是怕晚上會寂寞，那就只要帶聖經就好。如我信中所說，我們要去很多地方，而且今天就要出發喔。」

自稱是伊弗的女子只丟下這段話，便回到馬車上去。

被留在原地的主人愣了好一會兒後，轉頭望向了我。

我連吠都懶得吠一聲，只用鼻子嘆了口氣。

伊弗似乎是在南方的國家做生意。

至於其生意規模有多大，當然只能夠自己猜想，但就是以我們的經驗來看，也知道實際上是相當驚人的規模。

伊弗的馬車寬度，就是讓三名大人並排而坐也綽綽有餘。如此寬敞的座位有兩排，可以面對面坐下。座椅的椅背部位塞滿了棉花，布料上也點綴了細緻裝飾。明明已下定決心以祭司身分為城鎮居民奉獻，卻一有機會就戀戀不捨地做裁縫——這樣的主人一定對這方面非常感興趣。

而且，伊弗本身穿的也是我們沒什麼機會看見的服裝。雖然那剪裁寬鬆的服裝看起來也像長袍，但風格還是有些不同。可能是厭煩於主人的目光，沉默寡言的伊弗只說了一句：「這是沙漠國家的服裝。」

在這之後，展開了一段安靜的旅途。

伊弗應該原本就是一個沉默寡言的人，加上主人也不是會主動和人攀談的個性。在得到伊弗的許可下，主人讓我坐上座椅，然後一邊撫摸我的頭，一邊眺望窗外。

在隔了五年後，主人第一次離開這座城鎮，一定是百感交集吧。

身為牧羊人的那段時光，即使穿過城牆走出城外，看到的也不是無限延伸的旅路；反而是一片無論去到多遠也不會改變、比牢獄更加可怕的大地。

如果是我，在森林裡也能夠生活。

然而，身為人類的主人只能夠在人類社會生活下去。而就是身為狗的我，也痛切感受到要在人類世界生存有多麼困難。

那時候的日子毫無慰藉可言，每天只是把眼前的食物送進嘴裡而已。

這樣的日子一定會持續到死亡那一天。

就算沒有說出口，那時在老鼠和蟲子四處奔竄的羊寮裡，主人躺在麥草堆上仰望月亮時，心裡肯定是這麼想的。

這樣的日子之所以有了大變化，正是因為一場際遇。

不過是一場際遇，卻永久改變了主人的人生。

雖然能夠踏出強而有力的步伐者不在少數，但大多數人卻會因為害怕而僵在原地。這時，其實只要有人在背後輕輕推一把，就能奮力往前邁進。

主人就是這樣幸運地踏出步伐，並且抵達新土地。

「離開城鎮會讓妳不安啊？」

離開城鎮已進入第二天。

正在寫信的伊弗一邊看著內容，一邊隨口問道。

「咦？」

「畢竟很少看見城鎮裡的祭司外出旅行。」

伊弗寫到最後，將筆用力一揮，並大致確認過文章內容後，從敞開的木窗把信紙往外丟。這時，在窗外走動的人一副待命已久的模樣接過信紙，並將其折好後放入信封，然後朝向與我們相反的方向騎馬而去。

一路上，這女人不斷反覆這樣的動作。

「真虧妳有勇氣下定決心。說到紐希拉，根本就是世界的盡頭。就連我都曾猶豫過。」

這種話真虧伊弗說得出口。感覺上，不管是世界盡頭或地底深處，伊弗都能夠神態自若地一邊喝酒，一邊寫信。

不過，我知道這個叫伊弗的女人看不起主人。主人才不是在小城鎮擔任祭司、不懂人情世故的丫頭。我不否認主人有些少根筋的地方，但主人是個嚐盡辛酸依舊不輕言放棄的優秀人物。

我靠在主人的膝蓋上仰望主人。

我暗暗思忖道：「說句話反駁她吧。」

「呵呵。離開城鎮確實會讓人感到不安。」

我要主人反擊，主人卻面帶微笑這麼說。

我輕吠一聲後，主人像是在安撫我般，摸了摸我的頭。

「以前明明是那麼想離開城鎮的……」

「……」

面對看向窗外說話的主人，伊弗用手肘倚著窗框，然後托著腮、無禮地凝視著主人。如果場景挪到森林，這般舉動就是掠食者們的特權。

「妳和那傢伙是在那城鎮認識的？」

隔了好一會兒時間後，伊弗也一邊眺望窗外，一邊不大感興趣的模樣問道。

「不是。是在留賓海根。」

「喔？妳原本是個修女啊？」

「不是。」

主人靦腆地答道，然後讓視線落在我身上。

主人的表情像是探頭看著裝滿貴重寶物的寶箱。

「我只是受教會照顧而已。就像一隻膽小的羊一樣。」

主人對著我露出自嘲的笑。

正因為成功逃出了那裡，主人才能夠展露這般笑容。

「我原本是個牧羊人。」

伊弗驚訝地抬起原本托著腮的頭，然後再度盯著主人仔細地瞧。

「後來遇到他們兩位……而得以脫離這個身分……雖然我很想這麼說，但嚴格說起來，應該是我被捲入了一場騷動。呵呵。後者的說法可能比較正確吧。」

率直又認真到極點的主人，也總算能夠這麼輕描淡寫地描述事情。那對狼與羊的二人組確實有一部分算是解救了我們，但最後其實只是害我們被捲入騷動而已。

「波倫小姐是在哪裡認識他的呢？」

掠食者只會發問。他們會詢問對方希望先被咬頭，還是先咬尾巴。或許是這樣的緣故吧。聽到主人的詢問後，伊弗微微皺起了眉頭。

「叫我伊弗就好。」

主人露出微笑點了點頭，然後改口說：「伊弗小姐。」

「在更北方的地區。途中我們會經過那裡。」

「這樣啊。」

人們來到教會商量事情時，主人可以毅力十足地花上數小時陪對方說話。

主人會露出溫和笑容點點頭，有時催促對方說話，有時也會以手輕輕觸摸來規勸對方。

所以，主人這時也沒有特別說些什麼。

說穿了，應該是主人所累積的這些經驗，營造出讓伊弗脫口而出的氣氛。

「妳就是膽小的羊啊？」

「咦？」

主人反問後，露出一副難為情的模樣，笑著點了點頭。

「我是受了傷的狼。」

雖然伊弗的眼神注視著窗外遠處，但她實際上注視的，想必是舊日回憶。

主人漸漸熟悉於現在居住的城鎮、開始會忽然想起往事時，也經常露出這樣的眼神。

「可能是這樣的緣故吧……」

「……」

主人沒有反問，只是靜靜注視著對面的伊弗。

「才會沒當成狐狸精。」

主人稍微瞪大了眼睛。

而伊弗則是緩緩從窗外拉回視線，然後斜眼看向主人。

伊弗的嘴角浮現淡淡微笑，但感覺上像是在笑她自己。

看來伊弗似乎對那男人多少有好感。

而且，伊弗的眼神像是把主人當成了同伴。不過，如果我記得沒錯，主人對那男人應該一點興趣都沒有。在現在的城鎮展開生活後，也有不少傢伙向主人示好，但主人婉拒了所有人。

雖然主人會說是因為已經決定為神奉獻，或一些其他的理由，但我知道根本不是這麼回事。

主人只是單純地認為，只要有我在身旁就好了。

我輕輕嘆了口氣後，主人摸著我的頭慢慢滑向頸部，並對著伊弗這麼說：

「羊若是被某個東西吸引，除了那東西之外，所有東西都會被拋到腦後。」

聽到主人的話語後，伊弗不加掩飾地露出苦笑。

「哼。明明這樣還敢把我們叫去，膽子真不小。」

伊弗再次眺望起窗外。不過，她這次應該是真的在眺望窗外景色。

「憑我的身分，竟敢把我當成像是一般跑腿來使喚，這膽子未免也太驚人了。說了妳一定不信，這輛馬車還要載三個女人才要去紐希拉。」

「咦？」

「夠誇張吧？氣死人了。後面那輛馬車載了上等的衣服和珠寶。妳……是叫諾兒菈小姐對吧？妳想借多少衣服都沒問題，就盡情打扮自己吧。」

伊弗在臉上浮現完全符合其身分的危險笑容說道。

主人感到有些困擾地笑笑。這也難怪了，畢竟主人對除了我之外的雄性應該都沒什麼興趣。

不過，注視著我的鼻尖思考了好一會兒後，主人抬起頭這麼說：

「也不能老是對羊太好呢。」

如狼般的女子看著主人，露出不懷好意的笑臉。

我愣了一下後，躺在主人的膝蓋上想起那隻少根筋的羊，忍不住嘆了口氣。

雖然久違的旅程讓人有些不安，但因為伊弗安排的馬車和行李實在太豪華，所以搞不好比在冷風不斷從縫隙吹進來的聖堂裡過夜更加舒適。

主人原本就比外表看起來更加刻苦耐勞，伊弗似乎也為此感到佩服。

雖然沒有太多對話，但也不覺得氣氛尷尬，我也能夠盡情地躺在主人的膝蓋上睡覺。

就這樣前進不久後，馬車抵達了另一個城鎮。聽說在這裡要多一個人上馬車。

不過，我們決定先投宿旅館好好休息一晚，隔天早上再去迎接對方。

馬車在朝霧之中前進，我在馬車裡猜想對方究竟是什麼樣的傢伙時，飄來一股怪味。

「……這是什麼味道呢？」

「藥石。」

「藥、石？」

「這城鎮住了很多鍊金術師。我們現在要去迎接的人，似乎就是統領這些鍊金術師的人物。」

磨粉匠、劊子手以及牧羊人；這些字眼都與魔女或鍊金術師有著相同的語感。

伊弗用著嚇小孩子的開玩笑口吻說道，卻看見主人一副悠哉模樣感到佩服地「哦」了一聲，似乎覺得有些掃興。

「不用覺得這味道稀奇，到了紐希拉後，跟這類似的味道會讓妳聞到不想聞。」

「咦？真的嗎？」

「紐希拉是有名的溫泉勝地。到了山上一眼望去，遍地都是大澡池。妳可以想像一下像湖泊一樣大的澡盆，就知道有多大了。裡面的溫泉聞起來大概就像這樣的味道。」

雖然我覺得這說法值得懷疑，但主人似乎直率地接受了伊弗的說法。

這回伊弗算是如了願，主人開始屏息思考著。

話說回來，如果有像湖泊那麼大的澡盆，我倒想問問究竟是誰在負責煮熱水？

我還是覺得伊弗形容得太誇張了。

這時，馬車轉了一個大彎，然後緩緩停了下來。

駕駛走下了駕座，在馬車外向某人確認名字。

駕駛似乎很順利地完成了核對名字的動作，跟著傳來用木頭輕輕敲打馬車門的聲音。

「嗯。」

伊弗隨口回應後，駕駛恭敬地打開車門。

果不其然，一名如傳說中魔女般的女子站在門後。

「我是狄安．魯本斯。請叫我狄安娜。」

女子輕輕一笑，烏黑秀髮隨之搖曳。

女子散發出不同於主人，也不同於伊弗的氣味。

女子與主人坐在同一邊，並保持淡淡的笑容，她一副感到刺眼的模樣眺望著窗外。

雖然我心不甘情不願地窩在主人腳下，但還是會不時地注意上面的狀況。

伊弗似乎也跟我一樣，而主人也不時地偷瞄狄安娜。

就連我也大概猜得出大家會在意的原因。

大家都在想，散發這般氣氛的女子與那隻少根筋的羊是什麼關係。

「對了。」

宛如一隻全黑烏鴉的狄安娜先開了頭說：

「兩位是朋友嗎？」

乍看之下，狄安娜的沉穩笑容以及散發出來的氣氛，似乎表現出其個性之溫和。

不過，我的嗅覺告訴我這隻鳥的個性不是偏向主人，而是偏向伊弗。

伊弗露出感到無趣的表情，依舊無禮地注視著狄安娜，並保持托腮的姿勢說：

「看起來像嗎？」

「不像？」

狄安娜果然沒有改變表情，並保持笑容緩緩把視線移向身旁的主人。

「不過，我想他應該不可能有勇氣同時與多人交往，所以才會猜兩位可能是朋友。」

聽到狄安娜的話語後，主人瞬間露出笑意。好不容易克制住笑意後，主人用快憋不住笑意的困窘表情看向伊弗。

「我同意這個說法。」

「我說的沒錯吧？」

狄安娜露出親切的笑容傾了一下頭，黑得發亮的烏黑直髮隨之發出啪嚓聲響。雖然伊弗與主人的頭髮都是色澤亮麗的金髮，但絕對做不到狄安娜這般動作。雖然在下也是黑色毛髮，但對於自己的毛髮色澤，我已經不抱任何希望了。

「不過，看見對方後，我同樣也感到不可思議。」

「呵呵。我呢……我應該算是那兩人在人生上的前輩吧。」

「……？」

伊弗輕輕揚起一邊眉毛看著狄安娜。或許伊弗是以表現威勢的方式在推敲對方的話語吧。即使陷入了思考，伊弗也絕對不會讓對方有機可乘。

而主人則是像在草原上察覺到狀況不對勁的反應一樣，壓低了下巴。

「兩位結婚了嗎？」

聽到狄安娜的詢問後，伊弗輕輕笑了一下，然後挺起身子把雙手舉高到肩膀的位置。

如果我的知識正確，這應該是表示投降的動作。

「我忙著算錢。」

「呵呵。」

狄安娜看起來並不驚訝，並且一副彷彿在說「這也難怪吧」似的模樣輕輕笑笑。然後，狄安娜把視線移向主人，主人露出苦笑說：

「城裡的人是會勸我要結婚，可是……」

「是嗎？」

說著，狄安娜把視線移向我。

「是不是你害的啊？」

臭女人。

我輕吠了一聲後，與主人對上了視線。

「牠確實一直守護在我身邊沒錯。」

主人先摸了摸我的頭，然後用雙手捧著我的臉說：

「對吧？艾尼克。」

「汪！」

我給了「那當然」的回答，卻看見主人的表情顯得有些落寞。

其實我也不是不知道原因。

主人一天比一天嬌嫩，整個人越來越朝氣蓬勃，我卻是相反。

五年前，大概是我發揮牧羊犬能力的全盛時期吧。

如果要說我還有多到用不完的時間，似乎牽強了一些。

「那，所以妳有老公囉？」

聽到伊弗的話語後，狄安娜從我身上抬高視線。

「曾經有過。」

毫無遲疑的簡短回答，似乎說出狄安娜不知在腦中放映回憶的次數之多，甚至連回憶都開始磨損了。即使是散發出動物野性的伊弗，也大概會願意在這個瞬間，對狄安娜甘拜下風吧。

狄安娜散發出一種甚至可以用詭異來形容的獨特氣氛，這樣的她用白皙的手按住自己胸口，一副小女孩回想著昨晚祕密似的表情這麼說：

「所以，那兩人來到這個城鎮時……雖然我已經年紀不小了，卻還是忍不住心跳加速。妳們兩位不也跟我一樣嗎？」

然後，狄安娜看向主人與伊弗兩人。

主人與伊弗互看一眼後，不約而同地露出苦笑。

「令人憤怒的感覺，也算心跳加速的一種表現嗎？」

伊弗說道。

「如果說羨慕得讓人快張不開眼睛的感覺，也算是心跳加速的一種表現……」

主人說道。

聽到兩人的回答後，狄安娜先是露出有些驚訝的表情，接著發出咯咯笑聲。

狄安娜此刻的笑容不同於一路來露出的堅定笑容，而是更加自然的笑容。

「呵呵。沒想到最後還被老遠叫過去。真不知道該怎麼形容這感覺……」

「真是令人憤怒。」

「真是令人羨慕。」

兩人接連說完後，三人發出如微波般的陣陣笑聲。

「不過，那毫無防備的表現正是其可愛之處，這才是他最令人頭痛的地方吧。」

「真正會頭痛的應該只有一人吧。」

伊弗一邊露出受不了的笑容，一邊說道。另外的兩人果然也咯咯笑個不停。

三人的年齡、出生地以及成長過程截然不同，對於那隻笨羊的評價卻幾乎一致。

話雖這麼說，我也大致贊同三人的看法，那對戀人可說完全沒有辯解的餘地。

「不過，正因為如此，才會覺得有點意外。沒料到那兩人會正式舉辦婚禮。」

狄安娜從懷裡取出一封信說道。

主人也接過同樣的信件。打開信封的那一刻，主人露出了像是快被融化的表情。

「哈哈！我也這麼想過。感覺上，他們應該會因為難為情而不想做這種事情。總覺得他們會不了了之才對，對吧？」

「是啊。更何況還邀請了我們。不過，他的個性還算果決就是了。」

「另外還有兩位是嗎？」

主人詢問後，伊弗看似開心地嘆了口氣。

「沒錯。沒見過這麼讓人受不了的男人。」

「讓人受不了的男人，嗯，這樣的形容很貼切。」

狄安娜點點頭說道，主人一副戰戰兢兢的模樣向狄安娜搭腔說：

「那個，身為人生的前輩，您跟那兩位有過什麼樣的交談呢？」

聽到這個不符主人作風的問題，我忍不住抬起了頭。

不過，我看見主人儘管有些害怕，卻也顯得深感興趣的表情。

對於城裡女子們的風言風語，主人之前明明一直避之唯恐不及……看來主人確實已經到了適婚年齡也說不定。

「妳想聽嗎？」

狄安娜在臉上浮現詭異笑容問道。

「時間多得是。」

伊弗露出無聲的笑容回答後，與主人兩人做出稍微探出身子的姿勢。

「在我們城鎮，這是一段只有少數人知道的愛情故事……」

狄安娜道出這樣的開場白後，馬車裡立刻陷入我這種騎士很難接近的氣氛。

時間多得是，酒也不少。不僅如此，嘰嘰喳喳吵個不停的一群女人還有最好的助興話題。她們完全投入在故事之中，一下子大笑，一下子搖頭嘆氣，一下子又笑了出來，有時還會感到憤怒或佩服。

或許大家都算是處於適婚年齡吧，伊弗與狄安娜明明不像會參與這種閒聊話題的人，兩人說說笑笑的模樣卻宛如少女一般。主人雖然沒有積極地插嘴說話，但一邊小口小口地啜飲近來變得愛喝的酒，一邊戰戰兢兢地參與對話。雖然感到遺憾，但三人當中誰表現最像少女，我就不刻意說出來了。

不過，正因為如此，主人才會讓我最想要跟隨在她身旁就是了。

就像只要給狗一根骨頭，狗就會一直啃上五天、十天一樣，離開城鎮後，三人一直交談著。直到吃完午餐過了一會兒後，才總算告一段落。

伊弗笑的時候只會用喉嚨發出笑聲，然後像森林裡的動物一樣晃動肩膀。就連她也說笑得太累而走下馬車，然後往載貨馬車走去。此刻陽光溫暖，也沒有冷風吹來，伊弗應該是打算睡個午覺吧。

也可能是因為聊了肉麻兮兮的話題，所以讓伊弗覺得有些反胃也說不定。

伊弗對那個笨男人似乎多少有些意思。

或許真的就像狗啃骨頭一樣，伊弗是去回味「讓人受不了的男人」這句話。

相對地，留在馬車上的主人則是坐在椅子上，不停用手搧著自己的臉。除了醉酒之外，主人或許也陶醉於故事之中。狄安娜描述了有關一對怎麼看都看得出彼此相愛，雙方卻不肯直率面對事實的男女，為了爭奪其中一方而與情敵展開決鬥的故事。

我還以為與我們相遇時，那兩人早已確認了彼此的心意，看來那隻狼似乎比想像中來得窩囊。不然就是因為那隻羊實在過度毫無防備，讓狼都猶豫起該不該展開攻擊。

反正呢，與情敵展開決鬥的男人抱著粉身碎骨的決心，在城裡四處奔走試圖贏得決鬥，但因為錯過或想太多而引起不必要的騷動。

最後，兩人因為互相信任而聯手合作，終於在決鬥中獲得勝利。不過，想到提出決鬥要求的那一方，也不知道應該說他可憐，還是自作自受，總覺得是一個努力卻得不到回報的故事。唯一值得慶幸的是，世上似乎還是有好人願意接受這類的笨蛋。聽說那個人如今已走出失戀陰霾，過著幸福的日子。

話雖這麼說，包括狄安娜描述故事的方法也一樣，已經老大不小的三人，真正感興趣的地方是——就連少女也不曾幻想過的甜蜜感覺，並且非常樂在其中。

對於比較喜歡鹹口味的我來說，光是聽到描述，就覺得耳朵發癢。不過，既然主人聽得高興，那就無妨。

我這麼想著，然後悠哉地躺在地板上。

陶醉於酒精與故事之中的主人，從方才就不停搧動胸口。

馬車的木窗敞開著，主人也露出舒服的笑容，享受著從木窗吹來的風。

安靜的時間裡，只聽見車輪轉動的叩叩聲響。

「真是令人難以置信的事呢。」

「咦？」

主人反問道，並急忙從領口鬆開手。主人可能是誤以為自己的不良品行受到指責。

「我說那兩人。」

「啊……」

面對露出微笑的狄安娜，主人鬆了口氣地回以笑容後，改口說：「是啊。」

「不過，還是會讓人覺得羨慕……」

「喲？」

或許是酒精已發揮不少作用，主人的口風放鬆了許多。

狄安娜一副逮到好機會的模樣說下去：

「憑妳的條件，應該可以締結良緣才對。妳身邊沒有很多雞婆的人嗎？」

「……有啊。」

主人默思一會兒後，露出苦笑。

「不喜歡啊？」

狄安娜並不是以認真的態度在發問，她一邊從伊弗留下的酒桶把酒倒進自己的酒杯中，一邊問道。

不過，或許這樣的態度剛剛好。

主人讓身體靠在椅背上，像是體溫過高似地抬高下巴，然後一邊瞇起眼睛，一邊緩慢在思考。

「都沒有一個看對眼的人。」

的確，主人現在就像是一條完全解開的繩索。

不過，對於主人的答案，連我也感到有些意外。

我以為主人肯定壓根兒就沒把那些人看在眼裡。

「這些話……可以讓那邊那位聽見嗎？」

主人聽了後，稍微壓低下巴，並把視線往下拉。

與我視線交會後，主人在嘴角浮現近似苦笑的笑容。

「我不是指羅倫斯先生喔？」

然後，主人再次讓身體靠在椅背上。主人的醉意似乎已經很濃了。雖說已經與城鎮居民變得親近，但還是改變不了主人是外來者的事實。更何況，主人定居下來的地方，是聖堂這種依舊與世間有階級之分的場所。主人根本不可能有喝酒狂歡的機會。主人內心某處總是抱著戒心，並且保持一些距離。

主人只會在我面前示弱或抱怨，遇到開心或愉快的事情，也會第一個告訴我。

正因為如此，我才會如此有自信，而非無憑無據。

「那，果然是因為那邊那位了？」

狄安娜的話語直搗核心。

然而，主人一副完全沒聽見似的模樣，只是呆呆地注視著天花板。我並非對主人抱有疑心，但沒聽到答案，還是忍不住心神不定。我再次看見了狄安娜顯得壞心眼的眼神。

我心想主人該不會是睡著了吧，並準備抬起頭的瞬間——

「我不會有那種……覺得要是艾尼克是人類該有多好的想法。」

我不由地僵住了身子。

我不知道應該如何面對主人的話語。

「我說過我曾經是牧羊人嗎？」

「自我介紹時說過了。」

「我……說過了啊……呃……所以，一直以來都是艾尼克和我一起過日子……也是艾尼克陪我度過很多難關……可是，我還是不會期盼艾尼克變成人類。」

在城鎮居民眼中，牧羊人是來路不明的存在，甚至有人會說牧羊人是人類與和動物所生的小孩。如果是這樣，主人可以在不認識的人面前，說這種輕率的話語嗎？

我忍不住擔心起主人，但主人保持靠著椅背並抬高下巴的姿勢，慵懶地重重轉過頭說：

「狄安娜小姐……您與赫蘿小姐是同類吧？」

比起狄安娜，我更加驚訝。

就在我發愣地心想「不可能吧」的期間，原本動也沒動一下的狄安娜，用手指輕撫酒杯杯緣。

「不過，不是狼就是了。」

然後，狄安娜簡短答道，跟著嘆了口氣說：

「沒想到這麼容易就被識破。」

主人有些得意地露出笑容後，狄安娜接續說：

「還是說，這是因為妳跟那位騎士朝夕相處的關係？」

狄安娜的說法別有含意。雖然這是一段互相點破內心想法的對話，但主人保持微笑地轉回頭後，緩緩閉上了眼睛。

「所以，我會想要帶艾尼克一起去，或許多少也包含了這樣的意思吧。」

「這樣的意思。」

狄安娜不是以疑問句反問，而是以肯定的口吻靜靜地簡短說道。

主人依舊閉著眼睛，並有些難為情地笑笑說：

「就是這樣的意思。」

「然後呢？妳是在期待如果去問那隻賢狼大人，或許可以得到應該怎麼做的答案？」

狄安娜明確地說出難以啟口的問題。

雖然我比狄安娜還要緊張，但主人表現出比平常聆聽城鎮居民告解時更加沉著的態度，緩緩回答說：

「怎麼可能。」

然後，真的很難得地，主人露出有些壞心眼的笑容說：

「如果我問了，赫蘿小姐肯定會露出當真感到困擾的表情。」

我想起走私黃金的那場騷動，以及在那之後發生的事情。

就是在我眼中，也覺得那兩人有著完全不符年紀的幼稚。

「那，為什麼？」

狄安娜問道。

這回主人幾乎毫不遲疑地回答：

「因為我想要再見一面。」

「只是見面？」

聽到狄安娜反問後，主人緩緩張開眼睛，並挺起身子看向我。

我知道主人發出了「過來」的暗號，於是站起身子，把前腳跨在主人的膝蓋上。

「只是見面而已。」

主人抓住我的腳，然後上上下下地耍玩著我的腳。

狄安娜一直注視著主人，但主人沒有看向她。

主人抓住我的臉，然後用手指翻開我的嘴唇。主人自己發出「吼～」的一聲，然後開心地露出微笑。

「在這世上，即使來到教會請求神明，神明也不可能幫忙解決問題。」

然後，主人若無其事地說出就連滿嘴利牙的我，也不大敢說出的話。

「可是，人們還是會來教會。」

主人從我臉上挪開手，然後拍了拍膝蓋。主人要我跳上去，我當然只好跳上去了。

雖然空間有些狹窄，但我輕快地跳上主人膝蓋，並舔了一下主人的臉。

「我也不太會表達這感覺。」

「不會，我很明白。」

狄安娜輕輕伸出手，然後摸著我的頸部。

我不禁覺得，偶爾感受一下不同於主人的撫摸方式也不賴。

「我不知道幾十年沒有離開過那個城鎮了。不過，我想是吧，這就像是一種巡禮吧。比那隻賢狼大人更像狼的伊弗大小姐，八成也是這麼想的。」

從稱呼伊弗為大小姐的表現，可看出狄安娜是個相當剛強的人。

「就跟去教會一樣，巡禮也是不得不去的東西。」

狄安娜笑笑說道。

不知道狄安娜在笑誰。

她是在笑那對傻男女嗎？還是在笑我與主人呢？或者是在笑自身的過往？

「真的……感覺很幸福的樣子。」

看來，狄安娜似乎是在笑所有人。

狄安娜本來打算喝酒，但後來改變主意，看向與主人相反方向的窗外。

窗外是隨處可見、彷彿會無限延伸下去的草原。

漫長的冬天已經結束，季節變得十分宜人，可看見綠草叢生，枝頭發出嫩芽。

然而，不管走了多遠，最後還是會看見類似的景色。世上一切不過是類似景色的延伸罷了；越是會走出城牆，並行走漫長路途的人，應該越容易有這樣的想法。

儘管如此，未來還是有可能遇到像那對戀人一樣的人物。

主人也因為那場際遇，而踏出決定性的一步。

當時的主人，甚至就像一隻螃蟹發現「原來在世上還可以直著向前走」一樣。

主人一定把我視為比其他任何人都更重要的存在。

然而，我是狗，而主人是人類。不管城鎮的人們再怎麼重視主人的存在，主人依舊是外來者、異鄉人。

這些事情，不過是過去一路走過來的所有經驗的延伸罷了。

這是極其理所當然的事情，而且理所當然到讓人覺得無趣的地步。

即便如此，那對傻男女卻是這一切的例外。那兩人之所以顯得幼稚，是因為他們就像幼兒一樣，完全不在意世間真理。

那股漸漸綁緊身體的某種力量，想必就是常識吧。

不過，事到緊要關頭時，就是打破所有常識也無所謂。

那兩人的存在，將這段謬論加以體現了。

主人從正面抱緊我，然後用力吸了口氣。

我沒辦法反過來抱緊主人。

我做得到的，只有舔主人臉頰而已。

「那兩人的結婚典禮啊。」

狄安娜低聲說道，並喝了口酒。

「我可能會忍不住笑出來。」

主人也露出笑容，我則是吠了一聲。

在那幾天後，我們抵達一座小村落，並在村落載了兩名女子。

其中一人是個性看似強悍，但是與伊弗的類型完全不同的女祭司，而另一人則是一名旅行銀器工藝師。

馬車內早已相當暖和。

五人聚在一起，又各自與那對戀人有所關聯，在這樣的狀況下，不可能沒有話題可聊。

我中途下了馬車，時而走路，時而坐在載貨馬車的貨台上。

偶爾獨處一下也不錯。

不過，到了晚上還是會窩在主人懷裡睡覺的我，或許也沒資格嘲笑那個男人吧。

不過，就像我與主人的相遇是一場奇蹟，那對戀人的旅行肯定也為我們這些人帶來了各種奇蹟。如果不是這樣，馬車裡不可能不間斷地傳來尖叫聲或笑聲。

雖然對兩個當事人來說，那都是一些刻骨銘心的經歷，但綜合狄安娜的發言後，我可以大聲地這麼說：

那兩人一直在追尋彩虹。

不過，兩人的腳下，其實正是彩虹的源頭。

以我這隻狗的眼光來看，兩人的表現算是相當不錯。

只可惜我沒辦法傳達出這般想法，但或許不需要傳達吧。

「艾尼克！」

馬車停下來休息時，主人走下馬車，並呼喚了我的名字。

如同擁有行李時，出發前就會不知道該帶什麼一樣，擁有語言時，說話時想必也會不知道該說什麼。

但是，該做的其實總是那幾件事情。

希望那對傻男女已經察覺到這個真理才好啊。
我嘆了口氣，並吠了一聲。
然後，飛快地跑向最愛的主人身邊。

終幕

羅倫斯頭痛極了。

原本頭痛只是一種形容而已，但羅倫斯現在真的覺得頭痛了起來。

頭痛的原因十分簡單。

那就是——赫蘿擅自寄出了信件。

收件人包括了諾兒菈、伊弗等人，全是羅倫斯與赫蘿在旅途中認識的女性。

信件內容是告知即將舉辦宴會，所以要大家在春天阿傑里聖人祭前來。

而且，直到赫蘿已經寄出信件，並且一邊說：「雄性的面子問題就交給汝來處理。」一邊交出寄信憑證的那一刻，羅倫斯才知道有寄信這回事。

在那個當下，如果跑著追上去，應該還追得上代收信件的旅行商人。

但是，如果羅倫斯這麼做，可能會惹得赫蘿大發雷霆。

根據與赫蘿一路走下來的經驗，羅倫斯知道赫蘿一定有理由，才會做出這種事情。

而且，赫蘿那麼機靈，極可能早已準備好了一堆理論伺機出擊，也準備好如何表現自己的正當性。重點是，很多方面已經不是想辦法說服就能夠改變了。

此刻的羅倫斯只能夠推測自己是不是做過什麼事情惹惱了赫蘿，或是沒察覺到自己惹惱赫蘿而使得赫蘿越來越心煩，又或者赫蘿純粹是心情不好而已。

如果做了這麼多推測還想不出原因，就只能夠向神明禱告了。

在這深山裡就算做了禱告，也不知道會傳進什麼神明的耳中。羅倫斯不禁覺得，這邊就是有神明，也應該只有像赫蘿一樣，是有著大而尖挺的三角形狼耳朵和蓬鬆亮麗尾巴的神明。

不過，既然賢狼赫蘿本人心裡藏了不知什麼祕密，當然不可能應付得了。

到最後，羅倫斯能夠做的事情相當有限。赫蘿應該是委託他人代筆寫信，在這一帶赫蘿能夠信任、並委託代筆的人物沒幾個，所以羅倫斯只能夠向對方打聽。

從赫蘿手中接過寄信憑證後，羅倫斯走在雪花不停飄落的道路上，準備前往建造中的偏屋。

原本預計去年秋天左右完成所有房子的建設，然後利用整個冬天做好裝潢，到了春天融雪時，即可迎接客人的到來。然而，完工日期卻是一延再延。部分原因是據說南方的平野上引發戰爭，所以血氣方剛的旅行工匠們競相前往了戰地。也有部分原因是借出建設資金的融資者慘遭大型商船沉船意外而虧了大錢，所以搞得人仰馬翻。再加上這次的雪降得比往年都早，導致物資供應不順。

這三年來，羅倫斯體認到在生意世界裡，即使沒有處身於中心地，也不可能一直風平浪靜地前進。

不過，主屋方面，由於偶爾仰賴了赫蘿的狼之力，並動用了所有過去旅途中得到的門路，總算是如期完了工。

因為生意對手預定在夏天再開一家新店，所以羅倫斯說什麼都想要先發制人。

因此，羅倫斯打算在今年春天舉辦終於能夠實現的開業典禮。

不過，照預定來說，開業典禮會是在阿傑里聖人祭之後的事情。

與赫蘿之旅而結識的知己當中，有好幾位是羅倫斯完全高攀不起的上流人士。雖然這些人主動要求羅倫斯邀請他們參加開業典禮，但羅倫斯可沒膽子讓他們走過雪路。畢竟舉辦阿傑里聖人祭的時期，山上還看得見殘雪斑斑。

不過，如果是慣於行走雪路的人，或是住在不算太遠的地方且關係密切的人，就會是適合提前邀請他們來慶祝的時期。就這點來看，也能夠看出赫蘿的心機之重。

赫蘿絕對有什麼企圖。

如果純粹是想捉弄人或開玩笑，那以寄信費來說，也未免花掉了太多了錢。

不過，支付寄信費的人是伊弗就是了。伊弗在南方的大帝國成立了商行，或許是她仍勇於從事投機行為之故，據說她現在被列名為市政議會的準議員。身為一個商人，伊弗在一流世界裡已逐步確立穩固的地位。提到諾兒菈，聽說她目前在留賓海根東方的城鎮擔任祭司職務，寄信到那裡也同樣要花費不小的金額。雖說狄安娜和艾莉莎都住在比較近的地方，但艾莉莎居住的村落規模小得讓人不免懷疑信件到底能否平安送達。至於弗蘭，因為羅倫斯最後一次與她取得聯繫時介紹了艾莉莎的修道院資料，所以弗蘭或許還在艾莉莎的村落。
這麼回想後，羅倫斯不禁覺得自己擁有豐富又有趣的人脈。想像起這些女人拿著赫蘿的信件在這裡齊聚一堂，羅倫斯就無法控制自己的表情僵硬起來。
每次呼吸，都會吸入彷彿整個肺部都快凍結似的冰冷空氣。羅倫斯一邊吸入冰冷空氣，一邊從摀住嘴巴的指縫間嘆出熱氣。
「真是的……不知道有什麼企圖……」
與赫蘿交往快六年，羅倫斯到現在仍無法完全理解赫蘿。
前陣子也才大吵了一架。
羅倫斯完全不記得吵架的原因，只記得就是因為赫蘿在鬧脾氣。
印象中好像是赫蘿嫌飯太難吃之類的事情。
因為是在偏遠地帶過冬，所以依赫蘿那樣的個性，偶爾應該要宣洩一下積壓心中的怨氣——羅倫斯要自己這麼理解事實。
而且，雖然自己都覺得蠢，但羅倫斯喜歡吵架後再和好的感覺。
「咦？羅倫斯先生？」
羅倫斯再次嘆了口氣後，一邊撥去積在頭上的雪，一邊走進搭建中的偏屋時，正在排列地板石塊的少年抬起了頭。少年一下子長高許多，已經高過了赫蘿，再過兩、三年，甚至可能會高過羅倫斯。

不過，少年從以前就有著細瘦身形，現在還把留長的頭髮綁成馬尾，所以看起來挺像個身材高大的女孩。與羅倫斯相遇時是個流浪學生的寇爾拍了拍手後，取下綁在頭上的毛巾，擦拭額頭的汗水。

「已經中午了嗎？」

「不是，我是想問一下這個。」

說罷，羅倫斯舉起從赫蘿手中收下的寄信憑證。寇爾露出像是喝下苦水似的表情。赫蘿果然是委託寇爾代筆。這地方除了寇爾之外，只有一、二人能夠以多國語言寫出如此漂亮的文章。

「我也算是被逼著寫的……」

「沒事，這方面我不會怪你的。而且，赫蘿一定也是抱著你絕對沒辦法拒絕的想法，才會叫你寫的吧。」

寇爾不問酷暑寒冬整年工作，使得他的手上筋骨隆起，與其臉蛋實不相稱。

不過，攤開在寇爾腳邊的，是他向拜訪過此地的高位聖職者和神學者借來抄寫、或直接借來的複本。羅倫斯知道寇爾在工作的同時，也花了很長的時間默記書本內容。羅倫斯也知道寇爾會咬著生洋蔥忍受睡意，在夜晚用功。

與羅倫斯兩人分開後，寇爾流浪於各地的教會和修道院約兩年時間，最後決定在羅倫斯底下工作。不過，寇爾絕非已放棄當初想要成為聖職者的夢想。得知羅倫斯決定在此地開店後，寇爾抱著能夠一石二鳥的想法，而直奔此地。

寇爾的計畫目前看來算是成功。如果待在其他城鎮，很難遇見世界各地的知識分子；但在這裡，寇爾似乎與這些知識分子有所交流。這些知識分子也似乎都很喜歡寇爾，而羅倫斯當然也明白如果寇爾能夠與這些偉大人物搭上關係，在生意上能夠為他帶來許多好處。

畢竟，不管再忙的人來到這裡後，一定都會有很多閒暇時間。

這裡是位於深山、荒無人煙的祕境。

此地是據說不會受到任何戰亂波及的紐希拉。

「先不說這個，我是想問你，赫蘿叫你寫這些信的時候態度如何？」

「赫蘿小姐的態度？」

「嗯。那傢伙是在生氣嗎？她有沒有說些什麼？」

寇爾大概只有羅倫斯一半的年紀，以世俗的眼光來看，一個成年人向年紀小自己一倍的人詢問這種事情實在很丟臉。但是，與赫蘿吵架時，羅倫斯請寇爾出來調解已不是一、兩次的事情。意氣用事的赫蘿，有時候也會把自己說不出口的話託給寇爾。

因為這樣的緣故，寇爾應該也很了解狀況才對，沒想到這次他卻臉色一沉。

「赫蘿小姐她……」

「她怎樣？」

「她在笑。」

寇爾一副彷彿在說「在山中看見了亡魂」似的模樣這麼說。

「在笑？」

「是的。那個，信件的收件人是……」

「嗯，全是與赫蘿旅行時認識的女性朋友。艾莉莎你當然認識，伊弗你應該也還有印象吧？」

寇爾似乎想起了比赫蘿更像狼的伊弗，臉上浮現淡淡苦笑。

不過，寇爾的表現不像討厭伊弗的樣子。或許是伊弗以她的方式溫柔對待過寇爾吧。

「當赫蘿小姐逼我寫下那信件，而且還是瞞著羅倫斯先生寫信，我還以為是羅倫斯先生又做了什麼事情惹得赫蘿小姐生氣，可是……」

這幾年來，寇爾變得比較敢說話了。

讓羅倫斯感到十分遺憾的是，自己沒有任何依據可以反駁。

「我沒有……不過，那傢伙真的發火的時候，的確是比較常笑。」

「真的嗎？可是，我覺得那次赫蘿小姐應該是真心在笑……該怎麼形容好呢，好像很興奮的樣子……」

「很興奮的樣子？」

羅倫斯瞪大眼睛反問道。寇爾像個女孩子一樣壓低下巴，然後縮起了脖子，戰戰兢兢地點了點頭。

「啊……錯不了。那傢伙在生氣。」

羅倫斯用手按住額頭，當場無力地垂下頭。

到底是哪裡沒表現好呢？

睡覺前和起床時一定會記得親赫蘿的臉頰，每次赫蘿梳理毛髮時，也沒忘記誇獎她把尾巴打理得蓬蓬鬆鬆。工作再怎麼忙碌，也一定會回家吃午餐和晚餐，為了留住工匠、答謝協助對象，以及處理給進貨廠商的文件或業務介紹文等堆積如山的事務性工作，最後也弄得在寢室放了一張書桌。

羅倫斯自認已經盡力做了各種配合，甚至到赫蘿自身也會苦笑說「咱快被寵壞了」的地步。儘管如此，還是會有摩擦。兩人還是會吵架。

不過，羅倫斯實在想不出有什麼原因，讓赫蘿生氣到非得把過去認識的五名女性朋友全邀來挖苦他。

羅倫斯抬起頭，心想：難道赫蘿還在氣那件事情？

漫長的冬季裡，有很多人為了接受冬天的溫泉治療，而從秋天時期就開始由各地前來紐希拉。由於有不少富人會來到紐希拉，負責接待這些人的組織，便會準備好藝妓招待他們。

這當中曾有幾名女子對羅倫斯施展美色。

因為是在荒無人煙的地方，以花錢如流水的溫泉治療客為對象在做生意，所以聚集過來的藝妓，也多是出類拔萃的人才。如果是在一般城鎮，羅倫斯這般一介商人不可能被看在眼裡。

話雖如此，當狀況是幾乎所有溫泉治療客不是像熬煮過頭的蕪菁一樣軟趴趴的中年人，就是像葡萄乾一樣乾扁的老人時，這些藝妓看得上眼的男人當中會包括羅倫斯，也可說是無可厚非。簡單來說，這是算出男人的總數後，再把這些男人加以排名，於是就得到這樣的結果。而在這裡做生意做了五年以上的人，大多會娶藝妓當老婆。

當然了，在紐希拉一帶經營溫泉旅館或商行的人，都知道羅倫斯建設中的商店裡有赫蘿的存在，但赫蘿自身並不大願意公開與羅倫斯是夫婦關係。

赫蘿當初應該有一部分是覺得難為情，但依赫蘿的意氣用事個性，事情一旦說出口就很難收回。所以明明在這裡已經住了三年，赫蘿似乎還是沒有親口坦承的打算。

也或許，赫蘿是真的照本宣科地解讀了在斯威奈爾簽訂的合約。

羅倫斯與赫蘿原本是做了帶赫蘿到約伊茲的約定。但事實上，到現在還沒有實現這個約定。紐希拉到約伊茲的距離近在咫尺，憑赫蘿的腳程，要說可以趁著出去散步時順道繞過去約伊茲也不奇怪。儘管如此，赫蘿還是頑固地不肯去，如果提起這個話題，還會惹得她大動肝火。所以，或許赫蘿是拿在斯威奈爾的約定作為擋箭牌也說不定——也就是必須等到完成上一個合約後再簽訂婚約的約定。

羅倫斯本身是覺得，赫蘿是有自己的考量才會這麼做，所以沒有逼問，也沒有強迫赫蘿。

不過，羅倫斯敢大聲說他們只是沒有在教會宣誓婚約，其實比世上任何夫妻都更加恩愛。就連赫蘿自己絕對看不到的身體部位有多少顆痣，羅倫斯都知道。而且，赫蘿以前絕對不會讓羅倫斯為她梳理尾巴，但現在偶爾也會讓羅倫斯這麼做。

儘管如此，赫蘿還是堅持意氣用事。

因為赫蘿這樣的態度，那些來到紐希拉之前不知道讓多少男人和伴侶傷心過的女子們，會抱著半好玩的心態接近羅倫斯，或許可以說是理所當然。

然而，凡事都可能弄假成真。就算是以開玩笑的心態對著鯡魚頭禱告，也許哪天也會真的變成一種信仰。

也就是說，原本打算來玩玩的女子當中，有人真的愛上了羅倫斯。

一開始當羅倫斯在大眾浴池悠哉泡澡時，那名女子以符合藝妓的露骨作風突襲羅倫斯；不久後，女子開始會自己做料理帶來給羅倫斯吃，或幫羅倫斯縫製衣服。

儘管羅倫斯拒絕了好幾次，女子也絕不死心。羅倫斯總不能因此就完全無視於女子的存在，而且，只要羅倫斯稍微表現關懷之意，女子就會高興得像得到寶石一樣，讓羅倫斯不禁感到心痛。

而赫蘿當然是怒氣攻心，而且在紐希拉這個沒有娛樂的地方，也不見有哪個見義勇為的傢伙願意幫羅倫斯這個新同伴解決困擾。

大家都是一副「這是人生必經過程」的模樣袖手旁觀。

後來，在半夜裡被淚眼汪汪的赫蘿咬住喉嚨後，羅倫斯下定決心做出了斷。

羅倫斯與對方開誠佈公，一再表明世上能夠成為他妻子的只有赫蘿一人後，總算讓對方死了這條心。

羅倫斯對所有人都是這麼說明，好讓對方死心，但說服完對方回到家後，眼眶泛紅且尾巴膨起的赫蘿，立刻纏在羅倫斯身上不停嗅著味道。

赫蘿每次停下動作，自認問心有愧的羅倫斯都會做好被咬的心理準備，但赫蘿最後什麼話也沒說。

取而代之地，赫蘿整整一個星期都不理羅倫斯。

等到一星期過後，赫蘿好不容易肯說話時，開口第一句還是那句「大笨驢」。

順道一提，追求羅倫斯的女子至今仍以樂師身分在紐希拉各地溫泉大受歡迎。唯一值得安慰的是，那名女子會以認真的態度告訴大家羅倫斯是相當誠實的男人，所以託她的福，在信用方面，紐希拉的關係人士都願意看得起羅倫斯。

在那之後，赫蘿似乎也不再鑽牛角尖了。

仍在建造中的偏屋寒氣逼人，羅倫斯待在將成為客廳的空間裡，重重地垂下頭並嘆了口氣。

每次與赫蘿的感情擦槍走火時，羅倫斯總會想起五年前在斯威奈爾那間旅館發生過的事情。

那時赫蘿在月光籠罩下的臉，宛如新娘子披上白紗般，美麗極了。

羅倫斯原本以為一切故事就此能夠得到可喜可賀的結局，沒想到操心事還是一樣多——甚至還有變多的傾向。

羅倫斯再次嘆了口氣後，忽然發現身旁的寇爾用擔心的眼神注視著他。

羅倫斯一副彷彿在說「太丟臉了」似的模樣露出苦笑，然後像是想另找話題地，環視四周一遍說：

「話說回來，已經蓋得差不多了。」

「啊，是的。再請工匠們來一趟，就可以完工了。不過，在那之前我這邊有一些工作想要先完成就是了。」

「謝啦。你的手腳也很俐落，只是外表卻完全是個神學者預備軍的樣子，真是太可惜了。」

聽到羅倫斯說道，寇爾毫無顧慮地笑了出來。因為地理關係，各式各樣的人會為了溫泉治療來訪此地，寇爾只要一有空，就會向這些人請教，想要學習各種知識。不僅專家學者，哪怕是工匠或傭兵，也是寇爾請教的對象。

在這個時世，偉大學者是工匠出身的例子一點也不稀奇。

重點就是，只要有心學習，又有辦法賺錢，就算不是貴族也能夠學習知識。

「我認為建築和神學是一樣的東西。因為兩者都有追求的形體、有材料，也有把材料組起來的理論。」

「冰凍三尺非一日之寒，也是同樣的道理。」

「是的。」

寇爾苦笑說道。

羅倫斯自身也是為了擁有商店，花了兩年的時間把自己的行商路線讓給能夠信任的同伴，並擺脫掉各種約定，再花費一年時間與赫蘿巡訪各地，找尋適合開店的地方。最後決定在此地開店，而到了建造商店這一步，又花了兩年的時間。

而且，目前也還沒完成所有建設。

偏屋目前預定作為給富裕客人專用的寬敞包廂，並設置能夠讓這些客人在不受到其他吵鬧客人打擾下，盡情暢談的大廳。寇爾滿頭大汗地排列著地板石塊的這個區域，正是供人盡情暢談的大廳位置。

這是在地面下鋪設石製水道，藉由輸送溫泉來取暖的設計。

寇爾之所以會滿頭大汗，雖然和從事勞力工作也有關係，但主要原因其實是地板很暖和。

「好了，做得差不多就先收工了吧。吃午飯前你可以去泡一下澡。」

「好，我知道了。」

寇爾回答後，把視線移向羅倫斯手上的紙張。

「那封信……我是不是不應該寫呢？」

寇爾的腦筋靈活。不過，也很率直。

即使是那些一臉鬍鬚且威嚴十足、被崇拜為博士或主教的高位者們，想必也是因此而不禁一一被寇爾的熱誠打動。

這當然是一種天賦沒錯，但寇爾應該經常受到誘惑而有機會墮落才對。儘管如此，一路下來寇爾還是沒有走偏了路，這都是靠著他本人的努力。

「怎麼會呢？不過，有些地方的用字遣詞用錯就是了。」

「咦？」

「晚一點我再幫你在憑證上做修改。」

「謝謝您。」

羅倫斯點了點頭後，離開了偏屋。

羅倫斯早有自覺，他知道自己大概只有現在這段時間，還能夠傳授知識給寇爾。

就算商店生意做得順利，羅倫斯終究無法避免自己變成一個沒見過世面的紐希拉老頭，到時候根本也不會有要離開商店的想法。

人生就是這樣進行著，就像太陽從東邊升起，再從西邊落下一樣地理所當然。

羅倫斯曾經因為不願意這樣而不顧一切地工作。說到可能性，羅倫斯也有過機會在規模更大的生意圈裡打滾。

好比說，羅倫斯也可以選擇與手中這封信裡提到的伊弗一同南下。如果與伊弗一起繼續在危險生意上下賭注，肯定能夠過著與英雄冒險故事不相上下的日子。

事實上，憑伊弗擁有的財力，應該已經足以立刻請來編年史作家為她撰寫一路走來的人生。而且，相信她未來的人生也會持續在厚重的課稅帳簿上，留下響亮的名字。

如果沒有選擇伊弗，也可以在發誓與赫蘿共度未來的斯威奈爾這裡，選擇加入德堡商行。後來希爾德與遭到流放的前主人德堡一起重返權力寶座，如今兩人就像一國之王與執政官般掌管著商行。

就連面對世界最大、最強的經濟同盟——魯維克同盟，雖不至於到短兵接戰的程度，但最近希爾德他們似乎與對方競爭激烈。依德堡商行的氣勢看來，刻上太陽圖樣的銀幣或金幣，真有可能在不久的將來流通於所有北方地區。

想到自己也參與過如此偉大貨幣圖樣的守護戰，羅倫斯到現在仍會心跳加速，甚至興奮得腳底冒汗。

羅倫斯還是會有想要冒險的想法。

不過，現在他知道自己懷裡抱著分量不算輕的存在。

想要踏上冒險之旅，必須保持一身輕。

而羅倫斯早已做出「根本不想變得一身輕」的決心。

羅倫斯一邊這麼想著，一邊把信件複本收進懷裡，然後打開主屋大門。

這時，牛奶湯經過長時間熬煮的香甜氣味立刻撲鼻而來。

「再一下就好了，等一下。」

來到設有暖爐的客廳後，赫蘿坐在椅子上一邊剝著烤栗子皮，一邊說道。

赫蘿的模樣與初遇時幾乎沒什麼改變，但羅倫斯覺得她似乎長高了一些，也胖了一些。

或許，也可能是因為赫蘿在羅倫斯心中的存在變大，所以讓羅倫斯有了這般錯覺。

「講得好像是妳煮的一樣。」

羅倫斯一副受不了的模樣說道，赫蘿發出「呵呵」笑聲。

看起來赫蘿的心情還不錯。

羅倫斯請來打理泰半家事的女性就站在廚房裡，等到商店開始運作後，她也會進店裡的廚房幫忙。這位名為漢娜的女性是希爾德所介紹，羅倫斯猜測她應該不是人類。雖然赫蘿與漢娜本人都不願意說出真相，但羅倫斯覺得兩個女人保有共同祕密會相處得比較融洽，所以也就沒有繼續追究了。

而且，紐希拉的居民多是流放者或旅人，所以大家不大會探聽他人的事情。

在考慮應該在什麼地方開店時，羅倫斯想了很多後，選擇了紐希拉。一方面當然是因為紐希拉距離約伊茲比較近，但也考量到了紐希拉的地理特性。羊化身攸葛已經做了很久的畫商，城鎮裡的人當然會對不會變老的攸葛起疑，但攸葛會看時機踏上買畫之旅，上演一場行蹤不明的戲碼。然後，等到事態穩定下來後，再以相貌神似的親戚身分回到城鎮。

如果是在紐希拉，比較容易採用攸葛這種方法，而且，如果身邊有同類陪伴，即使羅倫斯先離開人世，多少也能讓赫蘿排解一些寂寞。

再說，希爾德介紹來的漢娜廚藝一流。她就是在雪山裡，也能夠眼尖地找來山菜和藥草。漢娜比赫蘿更熟悉於人類世界的生活，偶爾還會教赫蘿怎麼編織或縫補衣服。雖然赫蘿那副德性，但意外地挺喜歡做針線活，偶爾還會做做圍裙。

不過，到目前為止，羅倫斯還沒有像世上其他恩愛夫妻一樣拿到老婆親手縫製的帽子或手套。可能是赫蘿每次在做什麼裁縫時，羅倫斯總是露出一副期待模樣，讓赫蘿很享受看見羅倫斯那樣的反應吧。

「不過，弄這麼多烤栗子要做什麼啊？距離春天還有一段時間吧？」

「每天吃肉和魚的鹽漬品，吃得咱都快吐了。」

「第一年的時候，妳明明一直說這些肉鹹味十足，很合妳胃口呢。」

赫蘿吃下一顆剝好殼的烤栗子，然後狠狠瞪了羅倫斯一眼。

「咱會吃膩。」

「妳可以叫寇爾去幫妳打獵啊，他可是連弓都會用呢。上次羅茲大叔好像打到一隻很大隻的鹿，氽燙過的熱呼呼肝臟，配上用雪冰鎮過的啤酒最棒了。」

聽到羅倫斯這麼說，赫蘿皺起眉頭，並壓低下巴。

赫蘿大人似乎完全不感興趣的樣子。

整天待在家裡，又每天吃鹽漬的肉和魚，身體再強健的赫蘿也會變得不舒服。

「最近咱對這類食物都不會有食指大動的感覺。」

「所以才吃烤栗子？」

「雖然用蜂蜜醃漬的醋栗很好吃，但有人不願意買太多給咱吃。」

「我可是欠了一屁股的債啊。等到賺了錢，妳要吃多少都買給妳。」

赫蘿不悅地用鼻子嘆了口氣，桌上的栗子內皮輕輕飛了起來。

「不過——」

羅倫斯似乎還有話說，原本用小刀靈巧地在硬殼上劃線的赫蘿，抬起頭瞥了一眼。

赫蘿這表情總是讓羅倫斯覺得百看不厭，今天再看一次，還是覺得百看不厭。

羅倫斯注視著赫蘿帶有紅色的琥珀色眼睛，然後閉上眼睛別開視線說：

「如果妳身體不大舒服，就有必要好好想一下菜單。」

赫蘿剝開硬殼後，栗子隨之掉落在桌上。赫蘿一邊剝著內皮，一邊苦笑說：

「汝想的病人餐都是一些難吃的東西。」

「不過，效果絕佳對吧？」

「如果要咱一直吃這種東西，咱一定會受不了。就這層涵義來說，算是效果絕佳唄。」

籃子裡又多了一顆麥芽糖色的栗子。

羅倫斯早已聽慣了赫蘿的伶牙俐齒，他一副感到疲憊的模樣準備往寢室走去。

這時，有人延續了話題。這個人不是別人，當然是赫蘿。

「要不是病人餐難吃，咱還真希望自己永遠是個病人，嗯？」

赫蘿微微傾著頭，然後刻意抬高視線。每次赫蘿不舒服時，羅倫斯就會全心全意地為赫蘿看護。因為赫蘿只有在這種時候會直率地向羅倫斯撒嬌，所以看護起來也比較帶勁。

不過，在夏季接近尾聲的傍晚，或是即將進入冬季的落寞秋天，赫蘿有時會刻意裝病。

這種時候羅倫斯都會假裝不知情地為赫蘿看護。

赫蘿裝病的時候，最後一定會道謝，所以很容易識破。

「那這樣，要不要就只幫妳看護啊？」

羅倫斯詢問後，赫蘿沒回答地咯咯笑著，並重新剝起栗子殼。

「謝謝。」

羅倫斯走出客廳之際，赫蘿對著羅倫斯的背影這麼說。

後來，羅倫斯還是沒能夠向赫蘿問出寄信的真意，就這麼過了好幾天。

羅倫斯原本就打算在開業典禮前舉辦小規模的慶祝宴，並邀請關係親密的朋友來參加。既然原本就有這般想法，如果又詢問赫蘿，未免顯得奇怪。

而且，就算問了赫蘿，赫蘿也可能露出一如往常的笑容說：「真意？為何這麼問咱？汝不是打算邀請關係親密的朋友嗎？」如果被赫蘿這麼詢問，羅倫斯什麼反駁的話也說不出來。

這天，羅倫斯參加了以在紐希拉一帶經營溫泉旅館或商行者為對象，針對木柴等主要燃料所召開的價格協定會議，但會議中羅倫斯也一直思考著赫蘿寄信的事情。

不過，身為一個商店都還沒建蓋好的新同伴，羅倫斯當然不能夠漏聽會議內容。

羅倫斯重新振作起來，並集中精神於會議上頭。

這幾年來多虧北方大遠征中止，所以燃料價格下降，但今年冬天因為降雪出乎預料地早，量也特別多，所以引起了一些糾紛。

紐希拉這個區域，是與多數旅人所使用的街道接壞的主要街道，以及從主要街道透過狹窄山路通往山上或山谷裡的小部落所構成。

主要街道上也有大眾浴池，泡湯者多是旅人或不怎麼富裕的溫泉治療客。如果是多少有錢也有閒的人，大家都會各自訂好特定的旅館，然後使用該旅館所管理的溫泉。

越是有錢的人，就越喜歡到人煙稀少的地方泡溫泉。召開會議時，負責接待大主教或貴族的溫泉旅館主人總會遲到，彷彿在強調自己經營的溫泉旅館有多麼偏遠。

經營這種溫泉旅館的老闆當中，有一位老闆忽然瞪了羅倫斯一眼，然後舉起手說：

「關於木柴的分配，分配給羅倫斯先生的木柴不會太多了嗎？從秋天到現在，您一直持續在購買木材吧。」

坐在長桌前的所有人一齊看向羅倫斯。

基本上，在紐希拉只要找到溫泉，就有權利在該處開店。因此，在此地開店的人原本大半是抱著淘金夢的礦工。

這些人一齊瞪視的氣勢頗為驚人。

不過，他們沒有一個人比繆里傭兵團的成員來得可怕，也沒有能夠與伊弗匹敵的人，更不用說是與赫蘿怒氣攻心時的狼模樣相比了。那位老闆之所以會找羅倫斯麻煩，是因為羅倫斯在被認為已經不可能找到溫泉的邊境找到了溫泉，所以讓他感到心急。

打從開始建蓋商店以來，每次都會被找麻煩，所以羅倫斯沉穩地這麼回答：

「您的意思是要把買來蓋房子用的木材當成木柴嗎？如果我像摩里斯老闆您賺那麼多錢的

話，或許就有可能這麼做吧。」

聽到羅倫斯這麼說，有幾人一邊低聲交談，一邊互笑。

摩里斯的溫泉旅館發生了初秋山區最應該避免的火災事件。

幸好當時的火勢立刻受到控制沒有釀成大禍。但聽到羅倫斯的發言後，眼前的摩里斯像著了火似的滿臉通紅。

然後，摩里斯正打算破口大罵時，會議議長插嘴說：

「羅倫斯先生所購買的木材量是經過會議認可的。照慣例，這也與木柴分配無關。有什麼問題嗎？」

對於摩里斯不知死心的態度不只有議長感到為難。雖然原本就應該避免新同伴增加比較好，因此也有幾人對羅倫斯的態度冷淡，但摩里斯的表現實在太丟人，所以現在幾乎所有人都同情起羅倫斯了。

由於摩里斯的店家只款待上流人士，而且他平日的言行舉止也不斷強調著這一點，這種態度也多少帶來了影響。

如果是這樣的狀況，採取令人厭煩的態度正好。

在團體中互動密切的地方，如果初期階段就屈服下來，這樣的關係將會永遠持續下去。先發揮十足的氣勢壓倒對方後，再開始示弱也不嫌晚。

以上是赫蘿再三告誡過羅倫斯的內容。

「那麼，接下來想要針對木柴分配量，以及採買價格漲價的部分做出決議。」

在這個冬天就快結束的季節，只會有客人離開，幾乎不會有新客人前來，所以會議結束後，就是大家悠哉喝酒睡午覺的時間。

對於議長的發言，幾乎所有人都舉起右手表示贊成，摩里斯一直像在咀嚼似地動著嘴巴，但最後也心不甘情不願地舉起右手。

「那麼，會議就到這裡結束。」

議長宣布散會後，大家從座位上站起來，並走出房間。

雖然知道摩里斯一直瞪著自己，但羅倫斯完全不在意。

羅倫斯反而覺得摩里斯會這樣不友善，就表示他的經營狀況可能真的出現危機。

目前在全紐希拉，羅倫斯的店位於算是第一或第二好的偏遠位置。

而且，羅倫斯還找到了最受溫泉治療客歡迎、位於洞窟裡的溫泉。

此外，又因為寇爾很受高位聖職者和知識份子的歡迎，在各種事實相輔相成下，大家都認定羅倫斯開店後肯定會成功，而羅倫斯自身也這麼認為。

如果摩里斯的實力真的變得這麼弱，或許可以再多借一些錢併吞摩里斯的店。

羅倫斯一邊這麼想，一邊在公立會議所附近走著時，突然被雪球砸中。

有一家羅傑仕商行，自海峽另一端的溫菲爾王國來到這裡賺錢，羅倫斯以為是該商行的一個調皮小鬼拿雪球砸人，結果發現是赫蘿。

「汝那表情像在打什麼壞主意的樣子。」

赫蘿坐在木柵欄上，臉上掛著不懷好意的笑容。

從公立會議所走出來的商店老闆們一直盯著赫蘿看，可能是因為赫蘿遲遲沒有走下柵欄到羅倫斯身邊，所以覺得稀奇吧。

「妳都那麼做了，事到如今我根本沒辦法去旅行。妳不也知道這事實嗎？」

羅倫斯曾經看過赫蘿對著行商時代與羅倫斯一起旅行下來的馬兒，發出「如果羅倫斯想要去旅行，絕對不准載他」的嚴厲命令。

羅倫斯猜想赫蘿應該是刻意讓他看見，也不覺得赫蘿是在開玩笑。畢竟從那次之後，即使只是要去一下有些遠的地方，馬兒也絕對不肯讓羅倫斯騎上馬背。

「冒險不限於旅行。」

得知羅倫斯打算在此地開店後，德堡商行送了以大量皮草縫了邊的氣派皮草大衣給赫蘿。赫蘿這麼說完後，在大衣底下擺動著身體。

雖然羅倫斯忍不住想要搖頭嘆氣，但如果併購了摩里斯的店，確實會引起一場不小的騷動。

「討妳歡心算不算冒險的一種？」

聽到羅倫斯說道，赫蘿吐出白色氣息，並露出別有含意的笑容說：

「咱就是這個意思啊。光是要討咱歡心，就夠汝忙了。」

羅倫斯聳聳肩並嘆了口氣，然後牽起赫蘿的手。

雖不確定赫蘿為什麼連手套也沒戴上就出門，但似乎是為了伸進羅倫斯的手套裡。

兩隻手伸進一隻手套裡的模樣當然顯得奇怪。

「人家看了會笑耶。」

「他們要笑就讓他們笑唄。其實他們是在羨慕。」

赫蘿表現乾脆地說道，並用力踩著雪地。赫蘿把另一隻手插進外套口袋裡，那模樣完全像個俏皮少女。

「不過，妳幹嘛特地下山來？我不是說過今天可以早回家嗎？」

「汝有什麼不願意見到咱來的事情嗎？」

赫蘿用鼻子不停嗅著味道，有時候這樣的舉動也會是哭出來的前兆。

不過，赫蘿目前應該只聞得到溫泉的味道。雖然羅倫斯完全分辨不出來，但依地方不同，溫泉的味道似乎有著微妙差異。

據說從味道就能夠知道溫泉量以及溫度，所以對於很多為了在這塊土地開店而必須挖出新溫泉的人來說，會是嚴酷難題，但對羅倫斯而言，可說輕而易舉。

羅倫斯只是請赫蘿在半夜變回狼模樣一下子，然後花了短短兩天就找到了溫泉。

至於費用方面，羅倫斯只花了買各種蜂蜜醃漬水果給赫蘿吃的錢，以及偶爾必須把溫泉借給以這一帶為地盤的鹿或熊而已。

洞窟裡的溫泉，也是靠著赫蘿那甚至能夠分辨銀幣純度的耳力尋找水聲，再請赫蘿挪開憑人類力量絕對搬動不了的岩石後，一下子就找到了，所以根本沒有吃到任何苦頭。

有個傳說故事說，只要拿甜麵包給被關在瓶子裡的精靈吃，精靈就會引路至黃金礦脈，而羅倫斯的遭遇幾乎與這個故事一模一樣。與傳說故事不同的地方是，儘管已經打開瓶蓋，精靈卻沒有逃走。

兩人沉默地在紐希拉的主要街道上走著。為了確認自己的這份幸運，羅倫斯不禁偷看著赫蘿的側臉。

「漢娜跑去摘藥草了。」

赫蘿一邊看著其他方向，一邊這麼說。

赫蘿的視線前方有大眾浴池，供傭兵、旅人或在附近抓到獵物後，來到這裡賣肉或皮草的獵人們一邊喝酒，一邊休息。大眾浴池演奏著開朗的音樂，大家甚至赤裸著熱得冒煙的身體，展開一場傷疤炫耀大賽。

因為赫蘿毫不客氣地直直盯著他們看，其中有幾人察覺到赫蘿目光而舉高雙手，並且不知大吼著什麼。

懂得幽默的赫蘿，以一副少女感到難為情的模樣別過臉去，然後一邊聽著男子們的歡呼聲，一邊發出咯咯笑聲。

「然後呢？」

羅倫斯一邊受不了地笑笑，一邊催促赫蘿說下去，赫蘿再次把視線移向男子們，並朝他們輕輕揮揮手。

「嗯。寇爾小鬼和汝都出門後，咱也不小心被吸引出了門。」

「所以說妳是覺得很寂寞？」

赫蘿明明有些地方很喜歡意氣用事，有時候大膽詢問，她卻會很開心。

赫蘿一副完全把在浴池喧鬧的男子們拋在腦後似的模樣，緊緊抱住羅倫斯的手臂，並且不停甩動尾巴。

「咱也準備好了酒。」

赫蘿別有含意地說道，羅倫斯低頭看著赫蘿，然後感到疲憊地嘆了口氣。

最近羅倫斯老覺得自己年紀大了，他心想肯定是嘆氣的次數增多了。

「這才是真正的目的吧。」

「呵。」

赫蘿嘟起嘴巴笑笑。

羅倫斯稍微環視四周後，一把抱住了赫蘿，甚至將她抱得快要雙腳離地。之後，兩人才踏出步伐。

在這之後，兩人先到遠離城鎮的地方請人準備鹿橇，然後搭著鹿橇返家。

說到準備好了酒，一定還會準備其他東西。

羅倫斯走到廚房探頭一看，發現桌上已經放著豬肉香腸和肉乾的拼盤。

節儉持家的漢娜不大可能貼心地準備下酒菜，所以羅倫斯猜測是受到赫蘿逼迫。

「真是的……」

羅倫斯咬了一片切得很厚的豬肉香腸，並從旁邊的櫃子裡拿出甜樹果乾裝盤，然後拿起裝了葡萄酒和蜂蜜酒的酒瓶，連同盤子一起端走。

以前羅倫斯覺得越是昂貴的酒，就越好喝，但最近比較喜歡像蜂蜜酒這種甜味酒。甜味酒不是用來大口大口喝得酩酊大醉的酒，它的優秀之處，就在於飲用時不需要太多下酒菜。

不過，不知是不是這樣鬆懈下來的緣故，羅倫斯被赫蘿批評最近肚子越來越鬆垮。羅倫斯已經朝向大肚腩的城鎮店老頭邁進了一步，也不禁苦笑心想旅行終於要結束了。

「咦？」

羅倫斯走出主屋在路上前進時，看見一隻大棕熊坐在地上。大棕熊右肩上有被獵人打傷的傷痕，聽說還很會找蜂窩。牠今年似乎沒有冬眠成功，所以偶爾會現身來泡湯。大棕熊浸濕的毛髮不停冒出熱氣，一副剛剛泡完溫泉的樣子。

「被赫蘿趕出來了啊？」

羅倫斯詢問後，大棕熊彷彿在說「少隨便跟我搭腔」似地，只用一邊眼睛瞥了羅倫斯一眼，然後轉著笨重的身體滾到路旁。

一開始羅倫斯很怕大棕熊，但得知赫蘿已經與對方談好條件後，大棕熊的存在就變得和沉默寡言的傭兵沒什麼兩樣。

羅倫斯給了大棕熊兩片豬肉香腸，然後越過大棕熊來到浴池。

『嗯……』

恢復成巨大狼模樣的赫蘿，躺在大浴池正中央的池中島上。只有在心情不好的時候，赫蘿才會允許其他動物與她一起泡湯，換言之就是只有羅倫斯不在場的時候。

赫蘿會趕走閒雜人等，甚至像個國王一樣躺在池中島上，就代表她的心情真的好得不得了。

明明這副德性，赫蘿感到寂寞或鬧彆扭時卻會保持人類模樣坐在浴池角落，實在讓人難以捉摸。重點就是，赫蘿是希望羅倫斯多關心她或陪陪她。儘管羅倫斯已來到浴池，赫蘿卻連眼皮都沒睜，只是緩緩甩動著泡在浴池裡的大尾巴。

雖說沒有開放給客人泡湯，但還是必須確認溫泉有沒有漏水或其他狀況，所以這個冬季幾乎每天都放著熱水。赫蘿原本欣喜若狂地每天跑來泡湯，但後來泡膩了，就不再自己一人來泡湯。或許，反而是寇爾比較喜歡獨自泡湯，他經常在浴池裡想事情想太久而熱昏了頭。

羅倫斯把飲料和食物放在每次擺放的位置後，先繞著浴池巡視一圈。

因為這裡經常會有獵人看了不是會嚇破膽，就是會燃起鬥志的動物來泡湯，所以或許有什麼地方遭到了破壞。因為赫蘿曾經發出「弄壞就自己修理好」的嚴格命令，所以羅倫斯看過不只一次熊、鹿或兔子在重排石塊的畫面。

羅倫斯還記得當時自己發愣地心想「好像童話故事啊」。

浴池看起來沒有什麼問題，引溫泉進來的導管也如往常一樣。這道溫泉不愧是靠著赫蘿的嗅覺以超越人類智慧的方法所找到，其標高位置明明高過其他溫泉旅館，卻有著無可挑剔的溫泉量和溫度。

「會不會太熱？」

儘管羅倫斯大聲問道，赫蘿還是只以同樣的速度緩緩甩著尾巴。

赫蘿的意思是「不會」。

在那之後，羅倫斯來到了用來喝溫泉水的飲用池環視一遍。人們相信喝下去的瞬間，刺激得會覺得牙齒表面變得粗糙的溫泉能夠治百病。羅倫斯喝下溫泉的那一天嚴重拉肚子，所以極度懷疑這般說法，但既然有人愛喝，也只好這樣了。

不過，把溫泉引進飲用池之前，必須隔上竹蓆用來去除溫泉雜物，今天竹蓆的狀況依舊不佳。溫泉裡的成分附著在竹蓆上，而塞住了排水口。寇爾也為了這個問題很傷腦筋，但一直找不到好的解決方法。因為其他溫泉旅館都是靠人力扛來飲用的溫泉招待客人，所以羅倫斯抱著想要與別人有些差別的想法而採用噴泉形式。

總之等會兒要放掉溫泉再打掃一下；這麼想著的羅倫斯嘆了口氣，然後站起身子。

「好像會下雪的樣子。」

羅倫斯直接抬頭仰望天空，看見了一大片灰色天空，並心想如果風向改變，可能會下起紛紛大雪。雖然在降雪之中泡湯別有一番滋味，但傷腦筋的是，離開浴池回到主屋後身體都涼了。

羅倫斯一直動腦思考能否改善這個問題，但遲遲想不出什麼好點子。

『汝的表情像在打什麼壞主意。』

這時，赫蘿在池中島上抬起頭這麼說。

「妳不是想吃蜂蜜醃漬的醋栗嗎？那就要想辦法賺錢啊。」

『不管是蜂蜜還是醋栗，咱自己都找得到。』

「從沒看妳找回來過。妳要不要向漢娜小姐學習一下啊？」

赫蘿沒有反駁，但露出尖牙沉默地笑笑，然後大幅度甩動尾巴攪拌了一下溫泉。

『有些東西就算自己伸手想拿也拿不到。』

然後，赫蘿挺起身子，並背對羅倫斯伸了一個大懶腰。

「比方說？」

『比方說？』

赫蘿反問道，然後用力甩甩頭，跟著跳進溫泉裡。

赫蘿毫無顧忌地灑出大量溫泉，並讓巨大的身軀沉入溫泉裡。

因為浴池當然沒有那麼深，所以赫蘿從水面探出頭時已是人類模樣。

「比方說彩虹啊。」

羅倫斯心想赫蘿肯定是聽了什麼詩人說過的話。在紐希拉，這種傢伙多到數不清。

「妳該適可而止了吧。妳這種跳法會讓組好的石塊晃動起來。」

「要是倒塌了，再組一次更堅固的就好了唄。」

旅途上，只要在夏季發現泉水，赫蘿就會以狼模樣跳進去。有時候赫蘿還會露一手精湛的泳技，但來到紐希拉後，羅倫斯才發現如果是人類模樣，就沒辦法游得那麼好。

赫蘿努力了好一會兒試圖游過來，但最後還是死了心地走到浴池旁。

「就像咱們的關係一樣。」

赫蘿讓溫泉泡到腰部，然後一邊撩起浸濕的頭髮，一邊露出帶有挑戰意味的笑容這麼說。

「大笨驢。」

羅倫斯學赫蘿這麼說話後，赫蘿發出咯咯笑聲，跟著輕輕打了一聲噴嚏。

「肩膀也要泡到。妳要喝葡萄酒嗎？」

「嗯。」

聽到赫蘿這麼回答，於是羅倫斯拿起用編繩包住的酒瓶。這時，傳來一聲：「咱還是……」

「跟汝一樣喝蜂蜜酒好了。」

赫蘿似乎真的心情很好。

羅倫斯準備把酒倒進第二只木製酒杯時，赫蘿伸出手阻止了他。赫蘿的意思是「共用一只酒杯就好」。

「這種酒反正已經這麼甜了，應該可以再甜一些唄。」

喝了一口後，赫蘿做出這般發言。蜂蜜酒的甜度之高，讓愛喝烈酒的傢伙們甚至會說這種東西不是酒。略感無奈的羅倫斯脫去衣服，然後先泡進溫泉裡，再接過酒杯。

「妳的喜好太極端了。」

「如果不是這樣，就不可能理汝這隻大笨驢了唄。」

不僅被赫蘿這麼說，還被搶回酒杯，羅倫斯只得仰望天空。

「真是的……不過，酒杯也要再花腦筋一下……」

「唔？」

「酒杯。木製酒杯是很方便沒錯。」

「不行嗎？」

「看起來就是很廉價。最好當然是使用銀製餐具了。」

摩里斯的溫泉旅館因為以接待上流階層的客人為主，所以在愛面子老闆的主張下，店內使用的餐具正是銀製餐具。如果在這種地方使用銀製餐具，餐具會瞬間變得全黑。聽說不使用的期間還必須一直泡在油中，使用前後必須拚了命仔細磨過。

羅倫斯不可能為了餐具花這麼多工夫，但如果使用鐵、錫或青銅製餐具，還是會顯得廉價。雖然也可以採用黃銅，但黃銅很難到手。

剩下的選擇只有情調十足的陶器餐具，或是不怕摔破又便宜的木製餐具。

「對妳這個只在意杯中物的人來說，應該用什麼餐具都沒差吧。」

羅倫斯從赫蘿手中再次搶回酒杯後，先喝了口酒，再接續說：

「不過，就是因為這樣，妳才會選擇了我吧？」

「……哈！」

赫蘿毫不掩飾地用鼻子笑了一聲後，把豬肉香腸送進嘴裡。

「不過，想這麼多也是白白浪費時間唄。」

「咦？」

「汝打算請來的客人都是只在意形式的低檔客人嗎？」

赫蘿臉上浮現有些不服輸的笑容，並直直注視著羅倫斯。

那眼神就像準備去冒險的少年眼神。那是對自己的判斷沒有一絲懷疑，並深信即將迎接光明未來的眼神。

赫蘿自己選擇來到羅倫斯身邊。

既然如此，赫蘿眼裡看到的，應該就是羅倫斯看見的未來。

羅倫斯自嘲地笑笑，然後說：「妳說的對。」

「比起擔心這種事情，料理才更重要。那個跟汝不對盤的人，叫什麼來著……」

「摩里斯？」

「嗯。就是他。那裡的料理根本連二流都稱不上。」

赫蘿時而會說出驚人的情報，這讓羅倫斯不禁想問她怎麼能這麼神通廣大。

赫蘿不會是曾經沾光，被邀請去那裡吃過飯吧？

「有些鳥和狐狸專門吃那裡丟出來的垃圾，咱聽牠們說的。目前是掛著雙橡招牌的地方料理最好吃。」

「妳是說杰克的店啊……的確，那家店的設備雖不好，生意卻相當好……」

「咱認為成功的祕密在於料理。」

在這裡大家都是白手起家，所以比起其他城鎮的商店，大家都是屬於祕密主義者。雖然羅倫斯也會以自己的方式摸索思考很多事情，但赫蘿這個左右手的存在實在太重要了。不過，這也是理所當然的事情就是了。雖然並非自願，但赫蘿有一段時間被尊稱為神明，而羅倫斯擁有這樣的赫蘿作為後盾。

「不過，汝啊。」

「嗯？」

「那什麼聖人祭時的慶祝宴上，為咱準備最上等的料理好嗎？」

赫蘿把雙手繞過羅倫斯頸部，露出大大的笑容說道。或許是溫泉裡的成分發揮效果，肌膚互相觸碰時會有一種難以言喻的滑溜感，總會讓羅倫斯心跳加速。

赫蘿因為泡湯而泛紅的臉頰，在白皙肌膚上變得特別顯眼。

「呃、喔……」

不過，事到如今羅倫斯早已習慣赫蘿的挑逗，所以含糊其辭的理由並不在此。

「怎麼著？說話變得吞吞吐吐的。不過這不重要，汝確實做準備了唄？汝應該知道場面要搞得很盛大唄？」

赫蘿只要脖子一伸，尖牙隨時能夠咬住羅倫斯的喉嚨。面對板起臉孔注視著自己的赫蘿，羅倫斯不禁有些退縮。

羅倫斯根本沒料到赫蘿會主動提出這個話題。

赫蘿單方面決定舉辦慶祝宴，還邀請了五位都是女性的舊識。

看見羅倫斯的視線忍不住在空中遊走，原本就快整個人掛在羅倫斯身上的赫蘿濺起水花、挺起身子。

羅倫斯還來不及心想「糟了」，已經聽到赫蘿這麼說：

「這種事情開頭最重要。一開始先嚇倒對方，接下來想要怎麼多加東西上去都沒問題。咱以前也會用這樣的手段。只要這樣先以氣勢壓倒對方，再來就算偷懶也不會被發現。」

赫蘿明明有著像小孩子的體型，卻高高挺起胸膛，用一副了不起的模樣說話。不過，赫蘿會有這般舉止也不是這一兩天的事情了。

而且，至少羅倫斯在紐希拉能夠擁有如今的地位，幾乎都是靠著赫蘿傳授的智慧。

所以，羅倫斯只能夠乖乖聆聽赫蘿的教訓。不過，還是有一件事情讓羅倫斯感到在意。

也就是赫蘿舉辦這場慶祝宴的真意為何？

「我說，赫蘿。」

「唔？」

儘管心知這是絕對不該問的恐怖問題，羅倫斯還是忍不住問了。羅倫斯知道赫蘿會這麼做，絕對不會有什麼正常理由。

如果赫蘿在生氣，羅倫斯希望赫蘿能夠直接說出來。比起在陰暗森林裡一直聽到樹後傳來啪擦啪擦聲響，不如在草原上被狼群包圍還好一些。

羅倫斯嚥下一口口水。

然後，羅倫斯一邊說：「我問妳。」一邊準備詢問赫蘿真意的瞬間——

「放肆！」

赫蘿突然大聲叱喝道，下一秒鐘傳來鳥叫聲以及動物跑遠的聲音。

羅倫斯轉動視線一看，看見了打算偷吃下酒菜的小鳥展翅飛起，以及消失在樹林後方的狐狸尾巴。

赫蘿驅趕動物時的模樣顯得威風凜凜，而且表現成熟。就算赫蘿本人再怎麼否認，還是藏不住習慣站在群眾之上者特有的風格。

事實上，羅倫斯也老是被赫蘿壓在屁股或尾巴底下。

「真是的……」

說著，赫蘿嘆了口氣，但轉眼間臉上已浮現平時好心情的表情。

「看來必須嚴格命令那些傢伙不准對汝的客人做出輕率行為。那些傢伙會帶來金額不算小的損失唄？」

如赫蘿所言，因為是人們深入山中生活，所以當然會受到自古就在山中生活的存在們襲擊。如果沒有赫蘿的存在，光是要請人驅趕動物，就會是一筆相當大的開銷。

「嗯。啊，對了，汝啊。」

「咦？」

「什麼事？汝剛剛好像想說什麼。」

赫蘿面帶笑容低頭看著羅倫斯這麼詢問。

不過，羅倫斯已經擠不出任何勇氣了。

「沒有，沒事……」

「是嗎？反正就是這麼回事，很令人期待唄？」

赫蘿一邊讓水面蓋過肩膀地泡在溫泉裡，一邊貼近羅倫斯說道。

很令人期待唄？——這句話實在有著太深的含意，讓羅倫斯不禁把嘴巴也泡進溫泉裡，然後嘴裡冒泡地閉上了眼睛。

因為赫蘿說過雄性的面子問題就交給羅倫斯來處理，所以除了正式開業時打算邀請的對象之外，羅倫斯寫了邀請函給往來較親密的朋友。話雖這麼說，羅倫斯在紐希拉根本沒有認識很久的朋友，有往來的也幾乎都是生意上的對象。

赫蘿毫無顧慮地也寄了信給伊弗，如果她們全來了，到時候沒有請來一些男性成員，怎麼撐得起場面。

羅倫斯試著列出想得到的成員。

以德堡商行的希爾德、書商魯．羅瓦為首，羅倫斯想到了繆里傭兵團、畫商攸葛、羅恩商業公會的基曼、牧羊人哈斯金斯，如果距離再拉遠一些，還有在狄安娜居住的城鎮經營商店的馬克。然後，羅倫斯在無意識下寫出阿瑪堤，才停下了筆。儘管有很多人被赫蘿的美麗和可愛吸引，卻沒有一個人能夠像阿瑪堤那樣清楚地傳達自己對赫蘿的所有心意。就這層涵義而言，阿瑪堤算是羅倫斯在旅途上遇到的最強對手。

羅倫斯向神明禱告後，劃掉了阿瑪堤的名字。

如果以最大範圍來想，還想得到在留賓海根掌管公會洋行的葉克伯、在與赫蘿相遇的村落附近經營兌換商的懷茲，以及為了奪回被綁架走的赫蘿而出手相助的馬賀特等人。

不過，當中有幾位不是能夠隨隨便便就邀請的人物，也有很多是正式慶祝開業時打算邀請的對象。

「可是……」

說著，羅倫斯坐在寢室書桌前望著寫出名字的石板，輕輕嘆了口氣。

羅倫斯發現光是把想到的名字寫出來，就有這麼多人與他有過交集。

而且，在到訪過的每一座城鎮，都發生過成為羅倫斯人生中重要轉機的事件。當時無論少了誰，事件肯定不會有相同發展，當中也有羅倫斯與赫蘿為了從風波中抽身，而重重倚賴的人物。

羅倫斯時而會有一種錯覺，以為是靠著自己的力量或是與赫蘿同心協力下，才能一路順利旅行下來。

不過，這樣列出名字後，羅倫斯深刻感受到自己一路是沿著可怕的纖細鋼索走來。

羅倫斯抱著感謝神明引導他認識所有人的心情，再次在石板前做了禱告。

然後，羅倫斯臉上慢慢化為苦澀表情。

睜開眼睛後，重要人們的名字就在眼前。

「再來就看要邀請誰了……」

只要寄出邀請，很多人應該會爽快地答應，但大家都有每天的生活要過。而且，這裡是接近世界盡頭的紐希拉。

說到寄信費，也是一個不容忽視的現實問題，而且也不敢保證爽快接受邀請而朝向紐希拉出發的人們，在旅途上不會遇到意外或被捲入事件。

話雖如此，如果沒有邀請關係親密的朋友，事後可能會遭人抱怨。

這世上，只有謠言能夠傳千里。像是「聽說某某人要開店，而且好像只邀請熟人舉辦慶祝宴。你被邀請了嗎？」等等。

這麼一想後，羅倫斯心情沉悶了起來。

「叫赫蘿去接所有人算了……」

羅倫斯對著石板陷入苦惱，並這麼嘀咕。

苦惱了兩個晚上後，羅倫斯只寄信給篩選過的對象。其中包括只要咬牙撐一下，就是外出兩、三個月也不會有太大問題的人，以及如果沒邀請對方，可能會氣到發狂的人，還有像哈斯金斯或馬賀特這種如果無法赴約，就會據實以告的人。

在那之後，羅倫斯也轉換心情，並做好心理準備。雖然羅倫斯認為伊弗不可能真的前來赴約，但既然羅倫斯也邀請了朋友，就必須如赫蘿所說，舉辦一場會讓大家嚇得暈過去的宴會。

幸好還有足夠的資金。

羅倫斯與赫蘿真的走過了一段充滿波瀾的旅行，也和一些人們會希望一輩子都不要與對方扯上關係的人有著奇妙關聯。有位重量級奴隸商宛如死神般，請人捎來口信說「慶祝開店時請務必邀請我」。而且，對方還表示羅倫斯若有困難，隨時願意借出資金。即便紐希拉是一個過去有各種不可告人之事者所聚集的地方，相信也很難找到一個會收到這般口信的人。

德堡商行也一樣，不僅是希爾德，羅倫斯與德堡本人也見了幾次面，並得到對方感謝。德堡說過羅倫斯打算開店時，要他提供多少資金都沒問題。雖然這提議十分難能可貴，但羅倫斯再怎麼樣也不可能要德堡商行負責所有資金，所以慎重地回絕了對方，並決定透過基曼向羅恩商業公會融資一大半的資金。不過，因為基曼個人的商行遇到商船沉船意外而弄得人仰馬翻，所以羅倫斯本打算忍辱去向德堡低頭借錢，但後來事情有了轉機，羅倫斯也稍微鬆了口氣。德堡商行此刻勢如破竹，所以羅倫斯認為欠德堡商行人情應該視為最後的手段比較好。

而且，羅倫斯自己在行商旅行的期間也累積了財產。

羅倫斯的荷包從來沒有如此飽滿過，這也讓他陶醉不已。

不過，必須在不去面對荷包裡的錢幾乎都是借款的事實之下，才有可能陶醉就是了。

因為是這樣的狀況，所以雖然多少必須綁緊一下荷包，但也沒必要太過吝嗇。

尤其是舉辦開業前的慶祝宴，自然會吸引在紐希拉接受長期溫泉治療的人們目光。

如赫蘿所說，這時候如果豪邁地搬出了大場面，溫泉治療客當中或許會有人下次願意光顧羅倫斯的溫泉旅館。

所以，羅倫斯決定採買頂級的飲料和食物，但很不湊巧地，因為羅倫斯本身對料理沒什麼慾望，所以就算對於食材或料理的價格瞭若指掌，對於該端出什麼料理這點，也就一籌莫展了。

「就是這麼回事。所以，如果妳想吃什麼就告訴我吧。」

寫出一些基本宴會料理後，羅倫斯這麼詢問赫蘿。

赫蘿今天也與漢娜一起剝著不知從哪裡買來的核桃吃。

「什麼都行嗎？」

這幾天難得看見赫蘿露出認真眼神。

聽到赫蘿的話語後，羅倫斯做好心理準備並準備點頭時——

「真的嗎？」

傳來確認話語的同時，漢娜投來了視線。那模樣彷彿在說「您真的真的要做好心理準備比較好喔，先生。」

漢娜平時總是站在廚房裡，時而閃躲赫蘿的食慾，時而輕鬆駁回貪婪的要求，表現出一副「節儉正是我的職務」的態度。盡忠職守的漢娜，一定很清楚赫蘿在這塊偏僻土地有多麼飢渴於美食。

而且，與羅倫斯一路旅行下來，赫蘿所擁有的食物知識也越來越具深度。

或許這都該怪羅倫斯自己，每次赫蘿吵著要買東西時就會忍不住解開荷包。羅倫斯再次做了一次深呼吸，然後點點頭說：

「妳想吃什麼就寫下來吧。」

然後，羅倫斯沒有拿出石板，而是拿出紙張。

萬一赫蘿寫了蜂蜜醃漬蜜桃等級的食物，羅倫斯有可能推翻前言，而不小心擦掉那些字。

所以，羅倫斯以自己的方式表現出「我不會做出這種卑鄙行為」的決心。

赫蘿似乎也察覺到羅倫斯的決心，看見羅倫斯遞出紙筆後，赫蘿仰望羅倫斯時，微微露出了苦笑。

「咱不會蠢到那種程度。」

赫蘿從羅倫斯手中接過紙筆說道。

「要是一口就咬死獵物，在那之後就不能玩弄一番吶。」

雖然赫蘿就像一隻在折磨老鼠的貓一樣，但赫蘿會這樣開玩笑，就表示應該會手下留情。

羅倫斯抱著樂觀態度，但漢娜嘆了口氣這麼說：

「我的薪水不會有影響嗎？」

漢娜不僅說出這種話，還看著坐在紙張前開心甩動著尾巴的赫蘿。

「先付給妳可能比較保險。」

漢娜望著羅倫斯苦笑道：

「真的不行時，我會用吃來抵薪水。」

「很不錯的點子。」

羅倫斯說完話後，赫蘿大喊一聲；「給咱墨水！」為了拿墨水，漢娜從椅子上站了起來。

赫蘿列出了葡萄酒、啤酒、蘋果酒、蜂蜜酒、用麵包泡成的卡瓦斯酒、把葡萄酒蒸餾過的火酒、以蒸餾麥子製作並且被稱為生命之水的酒，以及不知道赫蘿在哪裡知道的用馬奶做成的酒。有些人和物品也會經由極北大地，從位於東方盡頭的草原和荒野國家來到紐希拉。赫蘿八成是聽這些人說的。

說到肉類，更是驚人。赫蘿列出了羊、羔羊、牛、閹牛、兔子、豬、母雞、鵝、雁一長串肉類。這不打緊，她還列出了超高級肉類。也就是鵪鶉或孔雀等肉類。

「孔雀要去哪兒買啊？」

據說偉大的神學者證明了孔雀肉不會腐爛。就算是一國之王，應該也很難有機會吃到孔雀肉，至於老百姓，應該有很多人甚至不知道孔雀的存在。

不過，孔雀的項目旁邊寫了「買得到的話」五個字，所以赫蘿似乎是在開玩笑。

雖然羅倫斯很希望鵪鶉的項目旁邊也寫上這五個字，但赫蘿應該是真的想吃鵪鶉。

相較之下，魚類就比較克制一些。主要是以狗魚、鯉魚、鰻魚等淡水魚為主。

從海裡抓來的魚全被做成燻魚或鹽漬魚，而赫蘿整個冬天被迫吃這些魚，所以可能吃得有些膩了。羅倫斯不禁起了惡作劇的念頭，想要假裝不知情地把鯡魚也加進去。

魚類最後面赫蘿還寫了「魚尾巴」。赫蘿應該是指在城鎮雷諾斯吃過、會在河邊蓋堤防的老鼠料理。如果是這道料理，羅倫斯採買起來會比較安心一些。

魚類之後，赫蘿列出了水果。

「水果必須依季節採收，所以這方面比較輕鬆一點。不過……」

看了水果名單後，羅倫斯嘆了口氣。

「怎麼會有香橙和檸檬？那傢伙是在哪裡知道的啊？」

羅倫斯只有在南方的港口做生意時，聽過有香橙和檸檬從巨型商船卸貨下來的傳言。據說這些水果是從接近沙漠的地方運送過來，但羅倫斯也沒有親眼看過。

無花果、樹莓、蔓越莓、醋栗、桃子、蘋果、梨子；如果是水果乾或醃漬水果，要準備到其中幾種水果應該沒問題。赫蘿還列出一些貝類以及栗子、豆子等種類繁多的食物。

赫蘿應該是抱著「反正就是盡量把想得到的東西全寫上去」的心態，才會寫這麼多。

羅倫斯請漢娜看了單子一遍後，刪除掉連漢娜也不會烹調的食物。

漢娜告訴羅倫斯只要是肉類料理，基本上都難不倒她。

「就是烤全豬也沒問題。」

漢娜還這麼補充了一句。

羅倫斯看過幾次赫蘿苦苦哀求漢娜烤全豬的畫面。雖然羅倫斯告訴過赫蘿關於食物方面，都該去找漢娜商量，但對於烤全豬，赫蘿也曾經向羅倫斯討求過。而且，赫蘿這時候還會一邊說「咱忘不了那時候與汝一起吃過的烤全豬滋味」，可見她有多麼惡劣。

到目前為止，羅倫斯並沒有屈服於赫蘿的要求。

羅倫斯一邊心想「要在紐希拉烤全豬啊」，一邊無力地垂下頭。如果在這個市面上淨是鹽漬肉的地方做這道料理，不知道要花掉多少錢？

不過，既然決定要做，就必須硬著頭皮去做。

不僅如此，既然為了食物都準備花這麼多錢了，當然也要準備音樂。

「咦？要找安妮小姐？」

羅倫斯把寇爾叫來商量後，寇爾理所當然地驚訝反問道。

「可是，您不是好不容易解決了那問題嗎……」

安妮就是那位追求過羅倫斯的樂師。

不過，安妮確實擁有一流的技巧，更重要的是，如果請其他樂師來才更恐怖。

「所以，可不可以由你來拜託她？」

「……」

不知道又是向哪個來接受溫泉治療的人借來了書本，原本讀著書的寇爾雖然露出不願意的表情，但最後還是答應了羅倫斯。寇爾本身也經常被樂隊裡的女子搭訕。

因為寇爾有著將來要成為聖職者的堅定決心，所以完全不會屈服。不過，寇爾如此潔身自愛，反而讓那些女子更加動心。雖然羅倫斯告訴過寇爾神明多少也會睜一隻眼閉一隻眼，但寇爾還是十分頑固。對寇爾而言，這種讓眾多男性感到嫉妒的狀況，想必也只是一種煩人的事情。

「還有，工匠安排得怎樣了？」

嚴冬期間，工匠會到沒有降雪的地方尋求工作，等到降雪狀況比較穩定後，才會來到北方。因為羅倫斯想要在春天期間開店，所以必須硬是把工匠請來。

「照昨天收到的信件內容，似乎是安排得萬無一失。工匠們應該這幾天就會抵達，可能要先做好準備比較好。」

「我知道了。還有，啊，對了，可能也需要準備給客人用的寢具……伊弗真的有可能來嗎？如果她真的來了，總不可能讓她睡在麥草束堆成的床鋪上……」

憑伊弗這般地位的商人，住家裡想必會擺設先在石塊堆成的床鋪放上木蓆，再鋪上塞滿棉花、輕柔蓬鬆的絲質床鋪。如果是諾兒菈，感覺上只要給她一張棉被，就是打地鋪也無所謂。不過，視狀況而定，諾兒菈有可能真的說要打地鋪，所以也要先想好對策。如果是一場反而得讓客人遷就的宴會，那就糟透了。

「如果去摩里斯先生那裡借呢？」

「唔……」

的確，摩里斯那裡用來接待賓客的用具齊全。寇爾這個點子非常吸引人。

「我會考慮看看……」

「另外，迎接客人方面呢？如果要安排馬車，就必須早一點做準備，可是又不知道客人什麼時候會來……」

「啊！我都忘了！」

羅倫斯完全忘了這件事。雖然通往紐希拉的道路可供馬車通行，但如果是以在南方的行駛習慣前來，就會有些不妥。為了解決這問題，可能要請伊弗她們先前往斯威奈爾等規模還算大的城鎮，為踏上雪路做好準備比較好。

如果不準備馬車，就必須請人搬行李，然後步行前進。

不管要怎麼做，都必須在某處先聯絡上伊弗她們。

「要不要請魯華先生他們順便當護衛呢？您應該也打算邀請他們吧？」

原本抱頭苦惱的羅倫斯聽了後，立刻抬起了頭。

「我忘了還有這個方法。」

「那麼，我就在羅倫斯先生的邀請函上註明這點。至於伊弗小姐她們，如果先寄信到雷諾斯，是不是就能解決問題呢？如果真的會來，伊弗小姐她們應該也熟知旅行的各種狀況，所以應該會在雷諾斯收集情報或準備旅行裝備才對。」

不愧是腦筋轉得快，而且熟悉旅行的寇爾。

如果少了寇爾，羅倫斯恐怕已經不知道該怎麼工作了。羅倫斯心想必須好好思考是否當真要收寇爾為徒弟，或是說服寇爾未來也繼續幫忙處理店裡大小事。

「一切都交給你處理了。」

「好的。」

寇爾畢恭畢敬地點了一下頭。

春天宴會的準備工作就交給寇爾，現在必須先處理工匠們的相關事宜。

這麼改變想法後，為了做好各種安排，羅倫斯在小雪飛舞之中往主要街道走去。

等到工匠們一來，就會立刻熱鬧起來。

因為平常只有羅倫斯、赫蘿、寇爾和漢娜四人住在提供給多數人住宿的設施，所以難免顯得空蕩。

而且，赫蘿明明有著強烈的地盤意識，卻意外地不討厭訪客前來。羅倫斯決定要經營溫泉旅館時，赫蘿也興致勃勃地表示自己不討厭熱鬧。

不過，等到過了嚴冬，到了伸長脖子就能看見春天降至山稜的季節時，赫蘿就會開始避開訪客們每晚的狂歡派對。

即使是白天時間，赫蘿也會說不舒服而經常關在寢室裡，也會沒有食慾。

如果住在深山裡，到了這季節經常可看見這種現象。據說其大部分的原因是因為每天只吃鹽漬的肉和魚。這個被稱為春病的病症比感冒更常見，等到市場開始出現新鮮水嫩的蔬菜後就會痊癒。這季節會議上的缺席者也會變多，也會出現沒有食慾而驟然消瘦的人。每次看見有人這樣，羅倫斯就會覺得不可思議，他心想怎麼大家都不會懷疑溫泉能夠治百病的效能呢？如果加以分類，或許春病與愛情病屬於同一類也說不定。

在家裡，羅倫斯吩咐過漢娜調理食物時盡量洗去鹽分，就算味道變淡也無所謂，但赫蘿似乎無法忍受。

赫蘿應該也是因為與工匠們狂歡而吃太多，才會得到春病吧。

還有一段時間羅倫斯端稀飯去給赫蘿吃，赫蘿光是聞到味道就吐了出來。

後來發現赫蘿雖然吃不下小麥粥，但是用羊奶泡過的黑麥麵包就吃得下，所以現在赫蘿勉強吃著黑麥麵包。赫蘿似乎連酒也喝不下，看來真的是病得不輕。

雖說只是春病，但羅倫斯還是有些擔心。不過，漢娜說應該沒什麼好擔心。漢娜似乎對於所有疾病都有所了解，而赫蘿也很信任漢娜，所以就算在羅倫斯面前會逞強，也不至於連在漢娜面前還死要面子。

於是羅倫斯每天忙於照顧赫蘿、發出指示給工匠們，以及春天宴會的準備工作，日子就這樣一天天過去了。

在那之後經過一段時間，放晴日漸漸變得比降雪日來得多時，羅倫斯收到了一封信。這封信是伊弗從斯威奈爾寄來的信。雖然羅倫斯照寇爾的建議寄信到雷諾斯，但似乎錯過了伊弗她們。

不過，伊弗會從斯威奈爾寄信來，就表示如當初預測，伊弗還沒有忘記旅行的訣竅。

如果伊弗她們已經準備從斯威奈爾前來，有可能比阿傑里聖人祭早一些時間抵達紐希拉。不過，羅倫斯已經照計畫，就快完成食物和其他各種細項的準備。羅倫斯在回信上告訴伊弗可以悠哉地慢慢前來，等到她們抵達時，剛好一切就緒。另外，羅倫斯還在信上提到伊弗真的前來讓他很驚訝。

伊弗應該會苦笑心想「哪有這種道理，自己主動邀請人家還說驚訝」。不過，如果聽到寄信事件的始末，伊弗應該會笑得更大聲吧。羅倫斯想像著那畫面，忍不住獨自竊笑了起來。

因為身體不舒服，所以赫蘿不是躺著就是坐在暖爐前。聽見羅倫斯的竊笑聲後，赫蘿略感訝異地看向羅倫斯。

「客人們似乎都一路平安地往這邊來。」

幾天前羅倫斯收到懷茲以及馬克等人已抵達雷諾斯的信件。因為他們寄信的同時，似乎也已經出發，所以說不定會在斯威奈爾與伊弗她們相遇。

這麼一想，羅倫斯不禁有種非常不可思議的感覺。
腳上蓋著毯子的赫蘿，坐在椅子上無力地點了點頭。
「太大意了。」
然後，赫蘿簡短地說道。
「這沒什麼，應該還要一段時間才會痊癒吧。在那之前，妳就好好養病吧。」
羅倫斯說完後，赫蘿緩緩閉上眼睛，跟著動了一下下巴。也不知道她是不是在點頭，她就這麼重新面向暖爐。
就算身體不舒服，赫蘿依舊是赫蘿。
想要撒嬌時，赫蘿會毫不掩飾地表現出虛弱模樣。
羅倫斯趁著遞信給赫蘿看，順便緩緩摸著赫蘿的頭。以前有一段時間，赫蘿比較喜歡頭髮會被弄亂的粗魯摸頭方式，但現在似乎比較喜歡動作緩慢、拉長時間的摸頭方式。
赫蘿一邊享受被緩緩摸頭的感覺，一邊追著文字看。雖然赫蘿到現在還是不擅於寫字，但閱讀方面完全沒有問題。曾經有一次因為赫蘿說謊，稱自己不識字，害得羅倫斯原本貼心以對，最後卻適得其反。不知道是不是也想起了這段往事，赫蘿讀完伊弗寄來的信後，用鼻子嗅了嗅信紙味道，跟著「呵」的一聲輕輕笑了出來。
「好像很生氣的樣子吶。」

「咦？」

赫蘿依舊發出輕輕笑聲，並把信紙還給羅倫斯。

「妳是說伊弗？」

羅倫斯反問後，赫蘿瞥了他一眼，接著閉上眼睛。

赫蘿那模樣彷彿在說「這隻大笨驢什麼都不知情」。

「呵。」

然而，另一件事情更讓羅倫斯感到害怕。那就是，赫蘿的心情實在太好了。

赫蘿閉著眼睛讓身體靠在椅背上，並保持這個姿勢緩緩甩動著尾巴前端，那模樣像在做著什麼美夢一樣。

「這不重要，店那邊的狀況如何？」

赫蘿會主動提出這種話題，就表示她想要避開話題。

雖然知道赫蘿心中絕對藏了什麼祕密，但在赫蘿身體狀況不佳時，還是謹慎地配合其話題最妥當。旅途中也是在身體狀況開始變差時，最容易吵架。

「慢慢推進中。骨架已經全部完成，造型方面也差不多完成了八成。一些小地方的裝飾或日常用具，可能要等到融雪以後，再慢慢完成了。」

「嗯。咱沒能夠看見實際建造過程，感覺有些可惜。」

看著工匠使用木材、石頭或磚塊逐漸蓋出建築物，確實有其樂趣。

不過，只有局外人才能一派輕鬆地參觀，一旦成了業主，操心事還真不是普通的多。

工匠們對於各自的工作，都有自己獨特的想法，依出身的地區不同，工作程序和習慣也有很大的差異。雖然旅行工匠會到處旅行，不管去到什麼地方其建築風格也不會有太大不同，但或許正因為做出來的東西很相似，所以工匠更容易意氣用事地說自己某些技術有獨到之處。

而且，光是思考預算問題、材料調度，或是某工匠完成某工作後接下來要把工作交給誰等流程安排，就會讓人頭昏腦脹。

如果沒有寇爾幫忙，羅倫斯可能半途就放棄了。

羅倫斯深刻感受到自己真的受到很多人的幫助，才能夠有今天。

不過，工匠們的工作也終於進入收尾階段，即將迎接第一批客人前來住宿。

雖然赫蘿說沒看見建造工作很遺憾，但接下來才是羅倫斯展現囂張氣焰的時候。

「怕什麼，等偏屋蓋好後，接下來還要蓋別館。」

商人的鐵則是，賺了錢就要擴大規模。

羅倫斯這麼說後，赫蘿先嘆了口氣，跟著緩緩捏住羅倫斯的鼻子。

雖然動作緩慢，赫蘿的力道卻不輕。「做、做什麼……」在羅倫斯這麼抗議後，赫蘿露出了微笑說：

「對付汝就是要這麼管教。」

赫蘿捏著羅倫斯的鼻子向右拉，再向左拉後，才總算鬆開了手。

「要一步一步地慢慢前進。有時候汝會以令人驚訝的精準眼光預見未來，卻完全看不見眼前。咱說錯了嗎？」

「……」

羅倫斯心想赫蘿又在教訓小伙子了，但赫蘿再問一次「咱說錯了嗎？」後，羅倫斯回答說：

「您說得是。」

「嗯。」

赫蘿滿意地點了點頭，然後輕聲說：「不過……」

「也可能多虧不小心漏看腳邊的東西，而撿到讓人意外驚喜的東西就是了，嗯？」

「咦？」

羅倫斯反問後，赫蘿一邊輕輕笑笑，一邊揮揮手表示沒事。

「這不重要，汝啊，那東西狀況如何？」

赫蘿張開了眼睛，眼神裡散發出不同於平常的力量。

赫蘿露出這般眼神，又提到「那東西」，羅倫斯當然不可能搞錯。

「那東西啊。」

「嗯。來得及嗎？」

赫蘿的認真表情充分表現出了擔憂神色。或許是因為赫蘿的眼睛很大，所以情緒表現得特別明顯。順道一提，赫蘿展露笑容時，最明顯的就是她的嘴巴。赫蘿像個傻瓜一樣張大嘴巴開心地哈哈大笑時，那模樣真是可愛極了。

不管怎麼說，世上應該很難找到比赫蘿更會藏心事的傢伙，但也沒幾個人能夠像赫蘿這樣在臉上表現出滿滿情感。

羅倫斯忍不住用手掌心撫摸赫蘿的臉頰，都忘了自己不久前才被赫蘿「管教」過。

「在鑑定物品的能力以及調度能力上，我有自信不會遜色於一流商人。」

赫蘿像被撫摸頸部的幼犬一樣閉上一隻眼睛，並露出有些覺得煩的表情。

或許赫蘿是在想如果被摸了臉頰就高興地搖尾巴，教她賢狼的面子往哪兒擺。

「不過，因為汝的鑑定能力，一路來不知道害咱們遇到過多少次危險。」

「這和蓋石牆的道理一樣。正因為如此，我們倆才會有今天。」

對於赫蘿帶刺的話語，羅倫斯從容地反駁說道。

赫蘿露出極度不悅的表情吐了吐舌頭，然後嘆了口氣說：

「每次破壞石牆的人不都是汝嗎？」

「如果妳討厭這樣，不要繼續泡在溫泉裡就好了啊。」

羅倫斯捏住赫蘿的臉頰大膽放話。

如果是在與赫蘿旅行的途中，羅倫斯絕對不敢說出這樣的話。

但現在就算與赫蘿大吵一架，羅倫斯也絕對不會有隔天可能找不到赫蘿的想法。

赫蘿帶有紅色的琥珀色眼睛直直注視著羅倫斯。

這雙眼睛好幾次被淚水淹沒，也冒出過怒火。

儘管如此，羅倫斯還是充滿自信。羅倫斯相信在那遙遠村落與赫蘿相遇以來，赫蘿注視著他的時間最久。

動物對峙時，先別開視線的就輸了。

赫蘿嘟起嘴巴這麼說：

「已經泡進去了，怎麼可能再爬出來，太冷了。」

然後，赫蘿再次看向羅倫斯。

「那這樣，繼續泡著就好了。等春天到來，外面變暖和一點再起來。」

赫蘿之所以堅持不肯前往約伊茲，是因為赫蘿多少已預料到約伊茲變成什麼模樣。

在艾莉莎管理的教會裡讀過的書本上，寫著約伊茲的狼群因受到獵月熊襲擊而四散逃去。而且，兩人一路旅行下來去過那麼多地方，也從未遇見或聽過赫蘿同伴的存在。

一旦去看了，就會變成事實。

可是，如果不去看，就永遠不知道事實。

雖然這像是小孩子在強詞奪理，但對赫蘿而言，應該是認真思考過而得的結論。

這時代已不是赫蘿她們這些山之民或森林之民的時代。

赫蘿她們正處於漫長嚴酷的冬季，並且被迫必須靜悄悄地過日子。

羅倫斯不可能與赫蘿相伴好幾百年，而且肯定會比赫蘿早死。

赫蘿知道這樣的事實，似乎也決定好羅倫斯死後要怎麼做。

如果是這樣的情況，羅倫斯就不該義正辭嚴地對赫蘿說「妳不該一直泡在總有一天會乾枯的溫水裡」。

羅倫斯應該組好石牆不讓溫泉流出去，再請人演奏音樂，並準備佳酒美食。

商人的喜悅在於，讓對方看見自豪的商品時會感到開心。

為了讓對方在最後說出「好開心啊」，商人已做好願意奉獻一切的心理準備。

「不過，最近這溫泉的熱度好像太低了。」

這時，赫蘿說出這般話語。

羅倫斯忍不住想要反覆地向赫蘿說明他為了赫蘿，每天騰出了多少時間。

不過，正因為有這般如公主耍任性的話語，才能夠讓商人提起勁來。

「我真的深感抱歉。」

說著，羅倫斯從側邊抱住坐在椅子上的赫蘿。

赫蘿在羅倫斯懷裡緩緩做了一次深呼吸。

就算面對再怎麼香氣逼人的料理，赫蘿也沒有做過這麼深的深呼吸。

或許赫蘿是抱著羅倫斯才是最佳誘餌的想法也說不定，但就算是如此，羅倫斯也無所謂。臨死前，比起接受不認識的祭司執行傅油聖事儀式，不如抹上上等的油再撒上大量鹽巴，讓赫蘿從頭一口咬下還比較好。

羅倫斯想著這些事情時，赫蘿原本不停發出啪唰啪唰聲響的尾巴越甩越緩慢，像是快睡著了一樣。羅倫斯稍微放鬆手臂後，赫蘿像小嬰兒不高興似地纏著人。不過，做生意的竅門就是一點一點地拿出商品。

「對了，關於那東西……」

像是在天氣寒冷的早晨，當羅倫斯打算鑽出被窩時，赫蘿會態度認真地阻止羅倫斯。不過，此刻赫蘿則是愣愣地聽著羅倫斯說話。

「嗯……？」

「妳想先看一眼嗎？我個人是覺得在宴會上公開亮相也不錯。」

羅倫斯所說的那東西已在斯威奈爾製作完成，目前正在被送來紐希拉的路上。

赫蘿發愣地想了一會兒後，先在羅倫斯胸口擦了一下臉，再呼出一大口氣說：

「嗯。那也無妨。」

聽到赫蘿如此冷漠的語調，羅倫斯不禁微微壓低下巴。對兩人而言，那東西是這麼沒有分量的東西嗎？

不過，赫蘿沒怎麼在意羅倫斯的反應，並緩緩閉上眼睛打了一個呵欠。

「身體變暖和後，睡意就來了。」

賢狼赫蘿永遠是賢狼赫蘿。

羅倫斯難以置信地心想「好一個賢狼赫蘿」時，赫蘿輕輕一扭上半身，並用胳膊頂了一下羅倫斯。

「嗯？怎樣？」

「抱抱。」

真是一點羞恥心都沒有。

儘管如此，只要有人討東西，商人還是會忍不住想要做出回應，所以羅倫斯一點辦法也沒有。

羅倫斯抱起了赫蘿。想到自己有一天可能也無法像這樣抱起赫蘿，羅倫斯不禁感到有些不可思議。

赫蘿會一直保持年輕，羅倫斯卻會慢慢老去。

在這之前，羅倫斯老是在思考赫蘿被獨自留下的狀況，卻沒有思考過自己會怎樣。

現在的羅倫斯還不太清楚變老是怎麼一回事。他認為自己的身體很健康，只要重新鍛鍊一下，隨時能夠重返行商之旅。

不過，總有一天羅倫斯的身體會衰弱，而變得老態龍鍾，赫蘿也會變得像是羅倫斯的孫子。

羅倫斯不知道到了那時候，會不會悲嘆或詛咒自己的無力。

到時候會不會感慨地說——「我以前明明抱得動赫蘿的。」

這麼一想，羅倫斯不禁覺得和貴重黃金相比，更該珍惜的是每天如此無聊、不知道已經反覆多少遍的互動時間。

這般事實緊緊揪著羅倫斯的心，為了掩飾心情，羅倫斯刻意壞心眼地說：

「這下子賢狼的招牌都在流淚了吧？」

赫蘿把雙手繞到羅倫斯背後，然後一邊看似舒服地瞇起眼睛，一邊回答：

「如果真的流淚了，汝再安慰咱好嗎？」

赫蘿在羅倫斯懷裡不停顫動大大的耳朵，尾巴也顯得滿足地甩動著。

羅倫斯覺得自己現在很幸福，幸福極了。

既然如此，只能夠好好享受現在。人們不可能讓時光停止流動，也不可能讓時光倒流。

羅倫斯吻了一下赫蘿的耳根，然後動作輕柔且態度恭敬地讓赫蘿躺在床上。

一個狹小的城鎮，可使用的道路有限。

根本不需要盤查，也會洩漏出什麼貨物以什麼方式被運到何方去。

羅倫斯準備在開業前舉辦私人慶祝宴會的傳言，老早已傳遍整座城鎮。

一介商人卻明顯擁有特殊人脈的事實，也因為各種狀況被大家發現。這麼一來，就算不願意也會受到人們注意，但羅倫斯絕沒有因此畏縮。

因為羅倫斯已準備好一場足以讓他抬頭挺胸的氣派宴會。

「怎麼了？」

羅倫斯眺望著主屋前擺飾完成的廣場時，赫蘿搭腔說道。

赫蘿這幾天狀況不錯，而且可能是因為可吃與不可吃的食物分得很清楚，所以赫蘿的食量也增加許多。

「我在想，我終於也努力到了這一步。」

聽到羅倫斯有些開玩笑地說道，赫蘿在旁邊不禁失笑。

「汝怎麼帶著哽咽聲？」

「……」

羅倫斯俯視身旁的赫蘿，然後嘆了口氣說：

「給我一點面子啊。」

「呵。」

赫蘿將雙手負在背後，並只用臉頰磨蹭羅倫斯的手臂。

「這是汝的店。之前好幾次到了手又溜走。」

這種事情已經發生過好幾次。

赫蘿也曾經怒罵過羅倫斯不應該放棄夢想。那次放棄夢想是在赫蘿被當成抵押品，即將被廉價賣出的狀況下。

盡情撒嬌一陣後，赫蘿與羅倫斯一起眺望著廣場。

款待客人用的桌子、椅子以及牆壁全披上了白布，此刻就算迎接身分高貴的客人，也不會感到羞愧。餐具方面雖然沒有準備銀製餐具或盆子，但羅倫斯到處請人幫忙，備齊了黃銅製的餐具。雖然黃銅與黃鐵礦都會被當成黃金用來詐騙，但羅倫斯認為黃銅的柔和金色光澤壓過黃金的虛榮感，散發出恰到好處的光澤。

因為此刻正值冬季，羅倫斯本以為很難準備得到鮮花，但漢娜不知道從何處摘來許多開花期較早的鮮花做裝飾。

雖然現在這裡一片寧靜且空蕩蕩，但相信沒多久就會被人們擠滿且充滿笑聲。

結果羅倫斯邀請的朋友全來了，並且沒有意外地即將平安抵達。

屈指一算，羅倫斯發現自己以商人身分自立門戶至今已有十三個年頭。現在終於走到擁有自己的商店這一步。

「真希望汝那什麼師父的，能夠有機會看見這一幕。」

赫蘿靜靜地說道。

赫蘿似乎發現了羅倫斯方才屈指在算數。

羅倫斯露出苦笑，並聳了聳肩說：

「他是個個性乖僻的人，一定會嫌東又嫌西。」

「汝想去找他嗎？」

赫蘿這麼詢問。

羅倫斯只要表現出想去旅行的態度，赫蘿不是生氣就是哭，現在竟然會這麼詢問。

與羅倫斯共度過艱辛日子的馬兒，現在也在赫蘿的嚴格命令下，變成了只肯在幫忙寇爾搬運貨物時行動的乖僻馬兒。

儘管如此，羅倫斯還是摸著赫蘿的頭，然後把赫蘿拉近自己說：

「不會啊？」

赫蘿轉過頭仰望羅倫斯。就是對赫蘿，羅倫斯也幾乎沒有提過師父的話題。

「只要把店擴大到師父想不知道都難的規模就好了。」

「……」

赫蘿的大耳朵不停顫動在探索羅倫斯的話語真意，一雙大眼睛試圖讀取羅倫斯的情緒。不過，羅倫斯有自信赫蘿無法識破其真心想法。因為羅倫斯也不知道自己的真心想法是什麼。

不對。對於師父，羅倫斯應該是抱著像赫蘿對於約伊茲的想法。

還記得當時羅倫斯與師父穿過險峻山路，最後筋疲力盡地抵達城鎮在某旅館投宿。就在羅倫斯快掉進夢鄉時，師父說要出去一下，然後沒帶什麼行李就出了門。

在那之後，羅倫斯再也沒見過師父。有人說師父有欠債，也有人說師父愛上了某個女人。羅倫斯想過可能是自己的存在讓師父覺得綁手綁腳。不過，師父留下了他擁有的全部專利書，以及幾乎所有現金。因為師父是個個性奇特的人，或許是去當了修道士或隱者也說不定。不管別人怎麼想，至少羅倫斯是這麼認為。因為這樣就表示師父一切平安。

「在那之前，可能要先打造出不會被妳取笑的店。」

「咱不會取笑汝。」

赫蘿板著臉說道，然後鬆開負在身後的手，換成交抱雙臂的姿勢。

「咱絕對不會取笑汝。」

「妳這樣我反而會不習慣。」

羅倫斯捏住赫蘿的臉頰說道，赫蘿一副嫌煩的模樣甩開頭。

「不過，原來活在世上也可以享受這般感覺。」

羅倫斯感慨極深地嘀咕道。

羅倫斯只是一介旅行商人。一個以為賺大錢就如天上月亮般遙不可及的旅行商人。只要撈起水來，就能夠把月亮放入手中；這是詩人吟唱過的詩句。羅倫斯真的在水中撈起了月亮，此刻才能夠站在這裡。

「那是因為多虧有咱。」

赫蘿不知害臊地說道。

羅倫斯牽起赫蘿的手，然後像在對待公主一樣親吻赫蘿的手。

「我不否認。」

「不過，咱能夠如此幸福，是因為多虧有汝。」

赫蘿比方才更不知害臊地說道。

赫蘿說這句話時還一臉得意，甚至發出了呵呵笑聲。

羅倫斯聳了聳肩回答：「這點我更不會否認。」赫蘿聽了，甩著尾巴哈哈大笑起來。

兩人這般互動之中，寇爾打開門走了進來。

因為是要出席宴會，寇爾身上不是平常穿的破爛舊衣，而是穿著漢娜為他縫製的神學生長袍。可能是被女樂師或舞者捉弄了吧，只見寇爾的馬尾上還綁著紅色髮帶。

「大家都來了喔！」

寇爾氣喘吁吁地說道，他可能是從主要街道一路跑了回來。

羅倫斯與赫蘿互看一眼後，不約而同地點點頭，並走了出去。

屋外是一片這幾天來天氣最好的大晴天，如果穿著厚重衣服，甚至可能會冒出汗來。

「這陣子一直都是陰天，感覺都快睜不開眼睛了。」

「妳還好吧？」

「咱的意思是就算眼裡有淚水，也跟咱沒關係。」

赫蘿這麼說，然後踩了羅倫斯一腳。

「真抱歉，是我太遲鈍了。」

「大笨驢。」

寇爾關上大門後，在店門前到處巡視著，看見羅倫斯與赫蘿的互動後，露出了苦笑。

「啊！對了，羅倫斯先生。」

寇爾搭腔說道。

「嗯？」

「魯華先生他們差不多就快送那東西來了，要在哪裡展示給大家看呢？要等宴會開始後再展示嗎？還是要在這裡呢？」

寇爾站在準備了矮凳和錘子的屋簷下說道。
屋簷下有著氣派的旅館正面入口，但至今仍未建造完成。不過，這是有原因的。
羅倫斯思考了一下後回答：
「在這裡好了。而且那東西本來就適合這裡。」
「您說得是。那麼，應該做成像揭幕式那樣比較好喔。」
寇爾動作俐落地行動起來。老實說，羅倫斯之所以幾乎不會再注意到細節，都是因為被寇爾搶先做完了。
「汝已經完完全全依賴著寇爾小鬼吶。」
「羨慕嗎？」
羅倫斯詢問後，赫蘿笑著露出尖牙。
「咱怎麼可能輸給那小毛頭。」
赫蘿難得露出像隻狼的表情，但與其說害怕，羅倫斯更覺得嬌豔。
「也對，妳最近確實變得豐腴許多。」
羅倫斯壞心眼地說道，結果被赫蘿狠狠地踩了一腳。
劇痛讓羅倫斯痛苦得叫不出聲音來時，赫蘿冷冷地丟下一句：「大笨驢。」
「啊！魯華先生他們來了喔！咦？您怎麼了？」

一臉愕然的寇爾、開心笑著的赫蘿，以及無言掙扎著的羅倫斯；這樣的畫面經常上演。寇爾一副感到疲憊的模樣笑笑後，走去迎接魯華他們。

「話說回來，最後汝做了什麼選擇？」

赫蘿用著開朗的聲音說道，彷彿方才的互動根本沒有發生過一樣。

雖說方才是羅倫斯自己禍從口出，但赫蘿轉換心情的速度之快，讓人不得不佩服。

「我選了最單純的東西。還是單純最好。」

羅倫斯回答後，赫蘿點點頭發出「嗯」的一聲。

羅倫斯先把大致內容告訴畫商攸葛，再從攸葛畫出來的幾張圖中，選出最單純的一張。

在那之後，羅倫斯把圖送到斯威奈爾，並向掌控斯威奈爾的強．米里提出請求。雖然羅倫斯本身很想委託給其他人，但赫蘿相當堅持己見。

後來，米里接受了請求，也寄來了只寫上「慶祝會記得叫我」的冷淡信件。

米里是人類與精靈之子，在摯愛的妻子先離開人世後，仍為了守護安葬妻子的城鎮而領導人們。對於赫蘿，米里想必感觸良多。

儘管如此，赫蘿與米里似乎有些心靈相通之處。有時赫蘿會送酒給米里，米里也會回送。

所以，在斯威奈爾重燃爐火的製鐵爐，鑄造了羅倫斯委託的東西。

這座爐打出了刻上德堡商行太陽圖樣的第一枚金幣，並在羅倫斯與赫蘿互相發誓願意手牽手一直走下去的那一天，重新燃起爐火。

米里應該會請來一流的工藝師完成製作。

羅倫斯和赫蘿都抱著不想先看見成品的想法，所以完全不知道那東西是否真的完成了。

這天，掛在溫泉旅館正門入口屋簷下的招牌，即將亮相。

「羅倫斯先生！赫蘿小姐！」

身材高大、總是充滿力量的摩吉最先開口說道。

或許是逆光的關係，長高許多、身材也比六年前壯碩許多的魯華．繆里，看起來像是被太陽照得有些刺眼。不過，看在羅倫斯眼中，那模樣像是拚命想要壓抑住笑容。

「好久不見。」

魯華靜靜地說道，並伸出手來。羅倫斯也伸出手牢牢握住魯華的手。

然後，魯華準備在赫蘿面前跪下來時，忽然停下了動作。

魯華為約伊茲之民，並繼承了赫蘿古老狼同伴繆里之名。這位傭兵團長應該是想要向身為其傭兵團旗幟圖樣根源的赫蘿致上最高敬意。

然而，赫蘿不喜歡受到這般對待。

魯華停止跪下的動作，並態度莊嚴地牽起赫蘿的手，親吻手背。

「汝已經是個好雄性了。」

「感謝您的誇獎。」

為了赫蘿，繆里家族一直持續傳接一則留言。

這件事想必會讓赫蘿永遠心懷感激，現在的當家魯華也會永遠感到驕傲。

「不過，您真是越來越美麗了。果然女性就是要——」

魯華說到一半時，赫蘿用食指抵住魯華的嘴巴。

「……？」

「呵。」

面對滿臉疑惑的魯華，赫蘿露出笑容傾著頭，然後把視線移向後方的馬車。

「東西在那邊嗎？」

「啊！是的。喂！」

魯華的表現恰如其分，完全像個團長該有的模樣。從魯華父親那一代便追隨繆里傭兵團的部下們，想必也不會再稱呼魯華為「少主」了。

「和比起以前接過的任何物品護衛工作相比，我們這次可是格外用心。」

魯華臉上多了傷痕，笑起來十分有氣勢。

相信魯華未來也會越過生死關頭，並隨著歲數增長，成為比摩吉更犀利、更具威勢的傭兵。

「要馬上掛起來嗎？」

「不，等人都來了才要掛唄？」

赫蘿朝向羅倫斯問道。

「魯華先生都特地送來了，就先掛起來好了。」

「好的。那我和摩吉先舉起來，再請兩位揭幕。」

那是一塊大型的圓形金屬招牌，一個大人應該還勉強抱得動。

有人會在招牌上呈現出顯示店名的圖樣，也有人會在招牌上呈現出純粹是顯眼，或希望有好彩頭的圖樣。

羅倫斯選擇以店名作為招牌。

「東西做得好嗎？」

聽到羅倫斯的詢問後，與摩吉一起輕輕鬆鬆舉起招牌的魯華，沒出聲地笑著說：

「我看了都忍不住發抖起來。」

「我可以拿你這句話當作宣傳詞嗎？」

聽到羅倫斯的話語後，魯華第一次沒有顧慮地笑了出來。

「賣點就是，連頑強的繆里傭兵團也能夠放鬆身心的當代最佳溫泉旅館，對吧？」

「喲？大家都來了！」

聽到摩吉的話語後，羅倫斯突然緊張了起來。

樹林後方可看見一群人緩緩爬上山坡。

以伊弗為首，諾兒菈和艾莉莎等五人真的都來了。

到最後，羅倫斯還是不知道赫蘿的真意。

不過，看見身旁的赫蘿心情極佳的模樣，羅倫斯猜想原因應該不是惹火了赫蘿。

如果是這樣，到底是什麼原因？羅倫斯心想，還是不要問好了。

畢竟今天是最值得慶祝的日子。

如果還有其他事情比現在更值得慶祝，應該只有一件事吧。

「啊！對了，汝啊。」

為了迎接客人們，赫蘿與羅倫斯手牽手朝向建地入口走去。

「嗯？」

「有件事情咱忘了問汝。」

「什麼事？」

不會是忘了準備什麼今天要招待的料理吧？

羅倫斯這麼想著。

「嗯。咱忘了問名字。」

「啊？」

羅倫斯反問後，接續說：

「名字？不是已經決定了嗎？現在想改名字，確實是還可以改沒錯……妳不喜歡這名字啊？狼與——」

羅倫斯本該繼續說下去，但光是看見赫蘿的目光，就讓羅倫斯閉上了嘴巴。

赫蘿並沒有在生氣，也沒有顯得悲傷，更沒有露出受不了的表情。

赫蘿明明露出柔和的笑容，卻是讓羅倫斯看了會心緒雜亂、甚至感到心痛的幸福表情。

「不是這個。」

然後，赫蘿這麼說。

「這個？」

羅倫斯不由地抬起頭環視了四周一遍。

赫蘿輕笑一聲，然後說著「真受不了汝」並嘆了口氣。

「汝果然是沒察覺到啊？咱還以為汝是故意的。」

羅倫斯的思緒一片混亂。赫蘿到底在說什麼？

這般互動之中，一群客人已經爬上了山坡。

最先抵達的客人意外是兌換商懷茲，因為懷茲似乎是被牧羊犬艾尼克追著爬上來，所以羅倫斯猜想可能是懷茲對諾兒菈毛手毛腳。

接二連三爬上坡來的每一個人，都是羅倫斯很重視的人們。
不過，羅倫斯的腦海裡沒辦法順利浮現這些人的身影。
羅倫斯覺得腦中好像快要浮現什麼驚人的影像。
沒錯。
好像有什麼新的東西即將誕生！
「該不會——」
羅倫斯以近似哀叫的聲音說道，並因為太過衝擊而說不出話來。
現在根本不是迎接客人的時候，而且四周所有人也都注意著羅倫斯的異樣。
赫蘿開心地露出微笑。
赫蘿一隻手牽著羅倫斯的手，另一隻手輕輕按住自己的肚子。
「到最後，汝還是沒有問咱為何邀請那些傢伙來參加這場宴會。」
然後，赫蘿在這瞬間提出這個話題。
赫蘿因為刺眼陽光而瞇起眼睛，但也或許是為了強忍淚水。然後，赫蘿皺起臉孔這麼說：
「咱當然是因為想要炫耀啊。」
然後，赫蘿不怕丟臉地抬高下巴，並伸長脖子。
眾目睽睽之下，羅倫斯怎麼做得出這種事情……

羅倫斯不知道在那之後是聽見了尖叫歡呼聲，還是難以置信的嘆息聲。

不過，羅倫斯能夠一邊抱著赫蘿篤定地說，自己是世上最幸福的人。

狼與辛香料

據說會湧出幸福和笑聲的傳說溫泉旅館，在值得紀念的揭幕日有了這麼一段插曲。

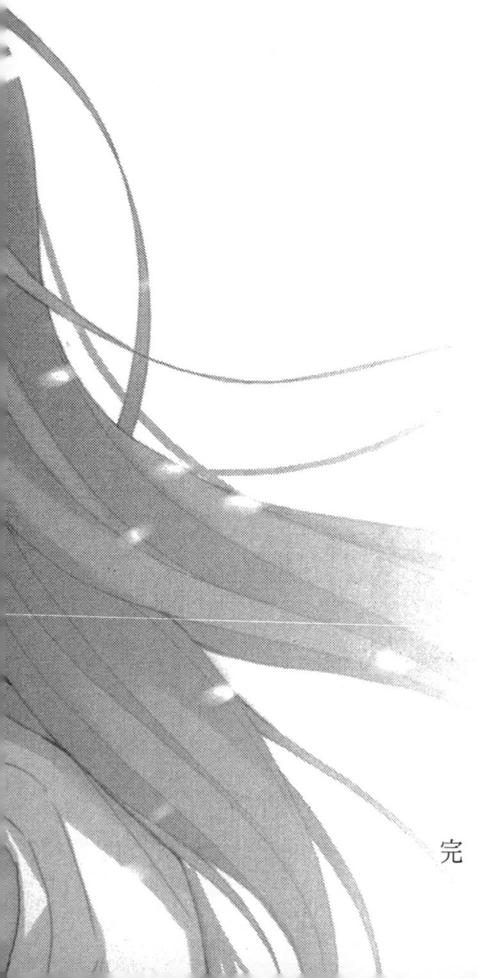

完

旅行商人與深灰色騎士

很不可思議地，無人居住的房子不需任何理由，就會以驚人的速度腐朽老化。房子的窗戶會破裂，土質地面會凸起，屋頂會坍塌。

這棟為可憐旅人遮風避雨的屋頂曾有著氣派的外觀，但如今就連在濛濛細雨之中，也顯得搖搖欲墜。

可能是因為這棟石造建築物的地基打得牢固，支撐建築物四角的支柱周圍部位，還看得出昔日住宅的影子。羅倫斯此刻正擠進支柱底下躲雨。

礙於這樣的狀況，羅倫斯把載了貨物的馬車以及拉馬車的馬兒，分別安置在對面的支柱旁，以及隔壁棟的支柱旁。

羅倫斯靠著牆壁坐在地上生火時，從破了洞的屋頂清楚看見陰沉沉的烏雲。

「怎麼著？火還沒生好啊？」

說著，身材嬌小的少女一邊拍去長袍上的水，一邊貼著牆壁走來。

少女出現在老朽的石造建築物底下，看起來就像是一名為了巡禮而踏入老舊聖人遺跡的虔誠修女。

然而，少女一來到羅倫斯身邊，立刻脫下長袍甩動身體的模樣，想必會讓人覺得有點不對勁。

儘管擁有如貴族般的美麗亞麻色長髮，少女頭上卻有一對動物耳朵，以一個十多歲的少女來說顯得太過纖細的腰部後方，垂掛著動物的尾巴。

羅倫斯以商人身分自立門戶至今，已進入第七個年頭，而與他一起旅行的少女，據說是高齡好幾百歲、擁有賢狼之名的巨狼化身——赫蘿。

「妳還好意思這麼說。我這麼勤快地在生火，妳卻在旁邊拍長袍上的水。」

生火步驟是拿著一敲就會冒出火花的礦石敲打幾次，然後，把事先碾碎、洗過、加以乾燥後撕碎的草莖點燃。在那之後會接著點燃麥桿，再讓火勢轉移到木頭上。

拍去水分後，赫蘿再次穿上長袍。看見羅倫斯總算讓火勢轉移到麥桿上，赫蘿露出有些冷漠的表情。

「咱還以為汝的怒火能夠加快生火速度。」

對於羅倫斯方才的挖苦話語，赫蘿似乎沒有要正面回應的意思。

赫蘿一副把羅倫斯的話當成耳邊風的模樣，蹲在火堆旁烘著雙手。

火勢也蔓延到了羅倫斯用短劍所削下的木屑，並順利燒起木柴。過了沒多久後，火堆便熊熊燃燒起來。

「話說回來，剛才真的是千鈞一髮。」

羅倫斯從木柴當中挑出帶有樹枝的木柴後，一邊用短劍砍下樹枝，一邊說道。

「嗯。誰叫有個大笨驢商人把拒絕不了的笨重貨物載在貨台上，才會拖慢行程。咱差點就要被迫在雨中睡覺。」

赫蘿先鋪上抹過油的鞣皮，然後躺在鞣皮上這麼說。

幾天前經過城鎮時，羅倫斯因為拒絕不了認識的旅行商人之託，而把鹽鯡漬魚載在貨台上。由於加上了鯡魚的重量，一路上馬車只能夠緩慢前進，接著就碰到了這場雨。

不過，比起這件事情，赫蘿肯定純粹是討厭味道很重的鹽漬鯡魚放在貨台上。貨台是赫蘿的休息場所，她平常不是在上面悠哉午睡，就是梳理毛髮，而赫蘿的嗅覺太靈敏了。

「不過，也賺到了值得的利益。」

羅倫斯把樹枝削尖，然後從貨物裡取出幾尾鹽漬鯡魚，再用樹枝從嘴巴刺起鯡魚，一尾一尾地立在火堆四周。

照物主給的條件，羅倫斯最多可以吃掉十尾鯡魚。

難得有魚可以吃，如果想要做點費工夫的料理，可以用樹皮連同洋蔥、蒜頭奶油和魚一起包裹，然後埋進土裡，並在上方生火。經過一段時間後，只要挪開火堆再打開樹皮，一道鹹味十足又甘甜的蒸魚料理即大功告成。

羅倫斯今晚之所以沒有這麼做，是因為知道赫蘿一旦吃了這樣的料理，下次光是烤過的魚就會滿足不了她。

好東西讓人看了就會想要，吃了就忘不了。只要不知道存在，也就不會有想吃的念頭。

「嗯。這魚烤過後……嗯，聞起來確實很香吶。」

聽到油脂滋滋作響的聲音，赫蘿立刻甩動起尾巴。

羅倫斯露出苦笑，並把所有木屑丟進火堆裡。

「現在是在森林裡，所以不用擔心會因為香味而引來一些有的沒的，但老鼠比較讓人擔心。」

才剛剛開始烤魚而已，赫蘿已經忍不住用手戳了戳烤魚，然後舔著沾在手指上的鹽巴。

看見赫蘿這麼喜歡鹹味的模樣，羅倫斯不禁覺得真的很像小狗之類的動物，但他知道如果把這想法說出來，赫蘿肯定會豎起尾巴的毛，大發雷霆一場。

「不過，應該也不用擔心老鼠唄。基本上，這種地方頂多只有人類會居住。」

說著，赫蘿終於忍不住直接從還沒串起來的鯡魚身上沾起鹽巴。赫蘿開心地舔完鹽巴後，繼續說：

「這種地方，怎麼會有這樣的建築物？」

說罷，赫蘿像個看見奇景的小孩子，仰望著千瘡百孔的屋頂。

赫蘿會這麼詢問，並不是因為她有感而發或是缺乏常識。而是因為，在一眼望去空無一物的荒野上，居然會有樣東西從大地上凸起。那感覺就像美麗光滑的肌膚上，突然冒出了一顆粉刺。

只要看見了這樣的建築物，就算不是像赫蘿這樣隔了好幾百年才離開村落麥田的人，也會有一樣的疑問。

羅倫斯兩人用來躲雨的建築物，正是被建蓋在如粉刺般的凸起物上。

「話說回來，汝怎麼會知道有這種地方？汝發現有可能下雨後，就像是認得路似地直接來到這裡，不是嗎？」

或許是舔了一陣鹽巴後感到滿足，赫蘿從羅倫斯手邊拿起剛削好的木棒這麼說。

羅倫斯才在想不知道赫蘿打算做什麼，便看見赫蘿從還沒用木棒串起的鯡魚當中挑出最大的一尾魚，然後用力把木棒插入魚嘴。

赫蘿應該是在傳達「這尾魚是咱的」的意思。

「我以前來過這裡。不過，那次是因為迷了路，所以偶然發現了這裡。」

赫蘿露出「原來如此」的表情，然後環視了四周一遍。

「那時候就已經是破房子了嗎？」

「不是，房子一沒有人住，很快就會損壞。我上次來不過是三年前的事情而已。」

赫蘿一邊聆聽羅倫斯說話，一邊將烤魚翻面。

面對食物時，赫蘿真是鎮靜不下來。

「也就是說，當時有人住在這裡啊？」

「嗯。而且是一個古怪的男人。」
羅倫斯想起當時的狀況，忍不住笑了出來。
不過，羅倫斯的笑容並非單純的笑意，而是夾雜了一些嘆息聲。
想必是察覺到了嘆息聲，赫蘿露出詫異表情看向羅倫斯。
羅倫斯抬起頭，然後輕輕搖了搖頭。
「一個人會在這種地方蓋這樣的石礀堡來住，怎麼可能不古怪。」
「嗯……這麼說也有道理。」
不過，怎麼會發出嘆息聲呢？
赫蘿表現出這般言外之意，並注視著羅倫斯。
雖然察覺到赫蘿的視線，但羅倫斯一直注視著火堆，完全沒有看向赫蘿。
「對方很喜歡擺架子嗎？」
赫蘿以不悅的聲調忽然這麼說，但羅倫斯抬頭一看，發現赫蘿的表情和語調完全不符，顯得有些悲傷。
「也不是這樣子的……」
對羅倫斯來說，那是一段不大願意與人分享的故事。
尤其是對赫蘿。

羅倫斯如果試圖隱瞞，赫蘿總會更帶勁地想要挖出祕密，就連這般個性的赫蘿，似乎也察覺到氣氛不對。

雖然赫蘿乖乖表現出願意罷手的態度，但耳朵顯得落寞地垂了下來。

「汝總是不大願意與咱分享過去的事情。」

說罷，赫蘿伸出手拿起烤魚。

赫蘿會這麼說應該只是帶著一些抱怨，而不是非得要聽到故事不可的意思。

儘管如此，看見赫蘿這般表現還是讓羅倫斯有些不忍心。

雖然鯡魚應該還沒烤熟，但似乎已經等不及的赫蘿大口咬下烤魚，並讓鹽巴就這麼沾在臉頰上。

幫赫蘿擦去臉頰上的鹽巴後，羅倫斯先這麼說出開場白：

「疲累的旅途中，聽到好笑的故事會比較好吧？」

「疲累時沒有什麼比口味重的東西更好。」

赫蘿轉眼間已吃掉半尾魚，然後一臉不悅地喝著小桶子裡的酒。

羅倫斯知道赫蘿會做出任性大小姐的舉止只是裝模作樣而已，但也知道赫蘿是在撒嬌表示自己想聽故事。

羅倫斯一副不得已的模樣嘆了口氣，然後把方才用來削樹枝的短劍放在火前燒。

「這把經常被我拿來利用的短劍……」

然後，羅倫斯開始說起故事。

「妳看，這裡不是刻了字嗎？」

這是一把精心鍛造的短劍，無論去任何城鎮給任何一家鐵匠看，都不會感到羞愧。

這把短劍保護過羅倫斯好幾次，旅途中也以各種工具的身分供羅倫斯運用。

不過，事實上旅行商人拿著這樣的短劍，也有些太強悍的感覺。

赫蘿一邊叼著魚，一邊鑽進羅倫斯手臂底下，然後像貓咪一樣仔細打量著短劍。

「向面喝了什麼戶？」

赫蘿嘴巴叼著魚，硬是開口說話。

赫蘿應該是說了：「上面刻了什麼字？」

羅倫斯讓赫蘿坐在身旁，然後把短劍遞給赫蘿。

「願神憐憫。」

赫蘿露出感到意外的表情，或許她是覺得刻在武器上的字眼應該要更莊嚴一些。事實上，無論是二輪戰車、攻城槌，或是騎士在馬背上使用的大劍或長槍上面，都刻著莊嚴的字眼。但就只有騎士的短劍，會刻著「願神憐憫」這樣的無趣字眼。

羅倫斯以前也會感到在意，但一直認為可能是一種習慣罷了。後來，羅倫斯正是在來到這座石碉堡後，才得知其涵義。

「有些年紀大的人，似乎還會更直率地用古時候的字眼『憐憫』來稱呼短劍。」

赫蘿一副深感興趣的模樣點了點頭，然後把短劍放在火前燒。可能是磨得發亮的短劍在那瞬間反射了火光，赫蘿感到刺眼地閉上眼睛。

「哈哈。然後啊，有一位上了年紀的人，將這把短劍傳給了我。」

羅倫斯從赫蘿手中接過短劍後，讓視線落在老舊的劍柄上。

故事必須回溯到三年前。

那時候的羅倫斯連想都沒想過有可能與赫蘿相遇。

迷了路後以為幸運地找到人家，卻發現其實是來到惡魔的家。

對於每天忙於賺錢的商人來說，這會是讓人笑不出來的遭遇。

而且，如果是在無限延伸的荒野上，看見那樣的建築物突然出現，肯定會覺得是壞事即將發生的前兆。

空無一物的荒野上，出現了一座光禿禿的山丘，其四周打下一整排如海膽刺般尖起的木樁。

這般光景讓人聯想到了地獄，而設在山丘頂的石碉堡帶著肅殺之氣，也十分符合行刑場的氣氛。

當下之所以會覺得死神或惡魔出現了，不光是因為氣氛而已。

因為過於節省盤纏，而只帶了分量剛好的食物上路，所以昨晚已吃光最後剩下的糧食。

馬兒可以勉強吃著路邊的野草充飢，但人類不行。

緊要關頭時，就是殺了馬兒也要活下去；雖然這也是一種選擇，但對於商人而言，這將會造成與死亡具有相同意義的破產。

都怪自己太勤於賺錢，現在終於遭到天譴了吧。

依目前的條件來看，會有這般想法一點也不為過。

感到死心又加上空腹，羅倫斯險些失去了意識。

不過，現實感十足的歡迎儀式，讓羅倫斯忽然回過神來。

羅倫斯以為有一隻大蟲子從耳邊飛過，隨之傳來尖銳的聲音。在那之後傳來了樹木顫動的聲音，羅倫斯也瞬間明白了是什麼東西飛過耳邊。

羅倫斯立刻跳下駕座，並躲在馬兒下方。

羅倫斯是受到了箭矢攻擊。

「我是迷了路的旅行商人！我只是一個旅行商人而已！」

然後，羅倫斯使出全力大喊後，還是看見兩根箭矢接連飛來，刺在地面上。射來的箭矢確實避開馬兒，並分別落在馬兒左右兩方，可見射箭者的技術高超。

可能是聽見了羅倫斯的大喊聲，之後沒見到箭矢再飛來。不過，對方有可能打算等待羅倫斯在這時探出頭來再射箭。羅倫斯抱著這般想法而不敢輕舉妄動時，終於傳來了腳步聲。對方似乎不是從石碉堡裡射箭，而是躲在斜坡某處攻擊。羅倫斯沒出息地從馬兒的雙腳縫隙看向腳步聲傳來的方向後，看見一名男子的身影。

男子停下腳步，這麼說：

「你說你是旅行商人？」

男子的聲音沙啞，就算是刻意裝得沙啞，也不難猜出男子年紀已相當大。

「是的。」羅倫斯回答後，男子忽然蹲了下來。

不同於聲音給人的印象，與羅倫斯四目相交的男子，是個身材矮小的老人。

「這是上天的旨意。幸好沒把你射死。」

男子揚起嘴角說道，但羅倫斯分辨不出對方是否是在開玩笑。

不過，男子站起來後，立刻轉過身子走了出去。

「逃過一劫了嗎？」羅倫斯靜靜待在馬兒底下這麼想著時，老人忽然回過頭說：

「喂！還在那裡幹嘛？你不是說迷路了嗎？」

羅倫斯輕輕地探出頭後，老人指向山丘上的石碉堡這麼說：

「招待一下前途無量的年輕人吃飯有何不可。而且，我也有事要拜託你。」

一個守護碉堡的弓箭手，還真敢說出這樣的台詞。

老人表現得好像自己就是碉堡的主人一樣。以這年紀來說，老人的牙齒還算齊全，老人露出牙齒笑著這麼做了自我介紹：

「我是弗理德，負責管理珍菲爾伯爵統治下的魯姆碉堡。我是受到認同的一城之主。」

弗理德的說法，像是識破羅倫斯嘲弄他模仿碉堡主人的內心想法。不過，說完話後，弗理德仰望起石碉堡，忽然放鬆了表情，一副難為情的模樣笑著說：

「話雖這麼說，我已經很久不曾對人射箭了。唉呀，還好沒有射中。」

弗理德大笑一陣後，往山坡上走去。

羅倫斯在馬兒底下注視著弗理德的背影好一會兒，感到有些驚訝和困惑。羅倫斯聽過珍菲爾伯爵之名。珍菲爾伯爵曾經統治過這一帶地區，是個容易得意忘形而出了名的領主。不過，現在只有去到街道旁的客棧，才會從老闆口中聽到珍菲爾伯爵的話題。

畢竟這位領主統治這塊土地，已是超過十年前的事情。

弗理德在這座沒了主人的石碉堡裡，到底在做什麼呢？

士兵捨棄碉堡後，經常會聽到有盜賊在碉堡住了下來，弗理德也是同夥嗎？

如果是這樣，怎麼完全感覺不出弗理德想要搶奪行李？

如果為了無益的事情冒險，就會失去商人的資格，但商人如果缺乏好奇心，同樣不夠格。

羅倫斯默思了一會兒後，最後決定爬出馬兒底下，並撿起弗理德射出的箭矢丟到貨台上，然後握住韁繩追著弗理德而去。

通往碉堡的螺旋狀道路受到完善的維護，斜坡上到處打入了削尖的木樁。雖然碉堡的氣派模樣給人「就是此刻敵人攻來，也能夠立即做出防禦」的感覺，但似乎少了一些霸氣。

直到穿過敞開的石門後，羅倫斯才發現少了霸氣的原因，是出在碉堡太安靜了。

「……唉～到了這把年紀，光是要上下坡都很吃力。」

讓馬車進到中庭後，弗理德一邊用弓拍打腰部，一邊這麼說。

搭建得堅固的石牆內側，也有著維護完善的碉堡生活。

碉堡內的設施齊全，包括家畜寮舍、菜園、馬廄，還有墓地和小小的祭壇，祭壇上還擺設著鮮花。

二層樓高的建築物外觀美麗，一眼就能看出有人員在維護，感覺上敞開的木窗或門後隨時可能有人探出頭來。

然而，羅倫斯照著弗理德指示綁住馬兒的這段時間，不僅沒有人探出頭來，甚至感覺不出有其他人的動靜。

羅倫斯只聽見了豬、雞，以及少許羊隻的叫聲。

說得直率一些，碉堡內安靜得像是所有士兵全逃了出去一樣。

「嗯。我本來以為是我多心，但你的臉色還真的很差呢。」

在弗理德帶路下，羅倫斯一邊一起走著，一邊觀察四周狀況時，忽然聽到弗理德這麼說。

因為隱瞞也沒有用，所以羅倫斯老實地回答：

「老實說，我前天吃過飯後，就沒再吃過東西了。」

「嗯，原來是這樣啊。那我招待起來會比較有成就感。就來準備剛切好的豬肉，還有……啊！對了，今天早上保羅那傢伙在水道裡生了雞蛋……」

弗理德一邊自言自語，一邊走進建築物內。

雖然大家會說年紀大了就容易自言自語，但如果羅倫斯觀察得沒錯，弗理德的表現應該是獨居過久的人會有的特徵。

羅倫斯想著這些事情，跟著走進屋內後，看見了乾淨又整齊的廚房。

「往這邊走。」

羅倫斯通過還可看見泛紅餘燼的爐灶，被帶到最裡面的房間。

房間裡放著老舊的木桌和椅子。

雖然羅倫斯坐下來後聽見讓人不安的嘎吱聲，但椅子上一塵不染。

「哦哦，那椅子還撐得住你的重量啊？看來我的技術也還不錯。」

雖然弗理德以一城之主自居，但似乎不討厭做木工。

話說回來，如果是一城之主，根本不會親自帶著武器特地來到出現在來訪者面前。再說，如果一城之主走出碉堡，不就失去了要塞的意義？

「你就放輕鬆一點吧。這碉堡只有我和你而已。」

羅倫斯聽過單獨座落在森林裡的小屋裡，住著獨居美女的故事。

通常這個美女不是魔女、妖精就是惡魔，而且帶來幸運的可能性極低。

不過，如果換成是看見來訪者就射箭的老人，會是什麼狀況呢？

總覺得好像沒必要把老人當成怪物之類的存在。

「您一直獨自住在這裡嗎？」

聽到羅倫斯的詢問後，弗理德露出笑容。

羅倫斯知道不是自己多心，總覺得那笑容像是帶著自嘲意味。

「我被指派到這裡時，還有五位勇敢的屬下。後來一人接著一人脫隊，最後只剩下我一人。」

「是因為戰爭嗎？」

羅倫斯接著詢問後，弗理德便露出了嚴肅的表情。

羅倫斯心想該不會問了不該問的話題時，突然聽到弗理德仰天大笑。

「哈！哈！哈！如果是戰爭就好了。我被派到這裡已經十幾年了，現在只有迷了路的人才會來這裡！」

弗理德大笑說道，然後突然嘴巴一閉，瞪著羅倫斯說：

「你頂多是吃晚餐時小心一點就好。免得吃太飽會不想出發。」

然後，弗理德又笑了起來，跟著急急忙忙地往廚房走去。

雖然知道這裡不是通往惡魔所在的地獄入口，但羅倫斯忍不住暗自嘀咕：「真是闖進了一個奇妙的地方。」

此刻時間還算早，屋外也剛染上暗紅色不久，但弗理德已經端出在蛋汁裡放入肉乾，然後用動物油和大塊蔬菜一起炒過的料理。

餐桌上的小麥麵包似乎是最近才在碉堡裡烤出來，吃起來依然蓬鬆柔軟；端出來的酒似乎也是在碉堡裡釀造的麥芽啤酒。喝了一口後，發現放了大量可在庭院菜園裡看見的香草。

這確實是一場盛情款待。

而且，在羅倫斯擔心被下毒而心生戒心之前，弗理德已經先開心地乾了杯，並表現出讓人感覺不出是個老年人的旺盛食慾。

「嗯，果然比一個人吃飯的時候好吃多了。快吃啊！怎麼啦？年輕人就要多吃一點啊。你杯子裡的酒怎麼都沒有減少？」

羅倫斯當然餓壞了。

羅倫斯開動後，轉眼間便吃光了料理，那速度之快讓弗理德都瞪大了眼睛。

「真是吃得太飽了。」

弗理德拿起方才用來切肉和麵包的短劍砍下枝條當牙籤，然後叼著牙籤這麼說。果不其然，雖然弗理德自稱是一城之主，但看起來卻像一般會在村落裡下田種菜的健朗老人，絕非貴族或騎士之流。

用餐時弗理德不斷向羅倫斯發問，像是「從哪裡來的啊？在做什麼生意？故鄉在哪裡？娶老婆了沒有？」之類的問個沒完。因為必須回答問題，又要把好吃的料理吃下肚，所以羅倫斯根本沒有多餘時間發問。

如果想要展開反攻，現在正是時候。

「謝謝您招待如此佳餚。如果要在客棧吃到這樣的料理，肯定要拿出金幣來。」

羅倫斯以符合商人的作風，殷勤地道謝。

「這樣啊。哈！哈！哈！」

喝了酒而臉頰泛紅的弗理德好心情地大笑，發出「嗯、嗯」的聲音頻頻點著頭。

「不僅是小麥麵包烤得好吃，豬肉的肉質也是好得不得了。不過，這裡的土地應該種不出小麥來，要準備豬或羊的飼料也不可能自給自足吧。您是怎麼處理的呢？」

弗理德臉上掛著笑容，注視著被用來取代盤子，並且吸取了大量油脂的麵包。

雖然臉上帶著笑容，但明顯看得出弗理德在思考著什麼。

老人家總是會因為很想把一般會忌諱說出來的往事說給別人聽，而痛苦掙扎。

「而且……珍菲爾伯爵已經在好幾年前就……」

「嗯。」

弗理德很快就拿定了主意。

點了點頭後，弗理德拿起用來取代盤子的麵包，跟著把麵包撕成四大塊，那動作就像要撕去內心裡的訓誡一樣。

「我收到最後一封信，已經是六年前的事情了。寄信者還是一個自稱是伯爵外甥的騎士。伯爵似乎是在遠征之地病死，實在很可惜，就這樣少了一位人才。」

弗理德所說的內容，與羅倫斯的記憶果然沒什麼太大出入。

「那封信寫著伯爵的遺言。遺言上說要把這座碉堡託付給我，還要我好好守護領地。信裡還寫著杜拉修道院會送來足夠的生活所需品。雖然伯爵的個性爽朗，就連詩人都會歌頌他，也有很多逸聞，但同樣一直認真地經營自己的人脈。」

羅倫斯心想珍菲爾伯爵可能是在領地收入較多的時期，一直捐錢給修道院。

原來就是因為這樣，弗理德才能夠在這座單獨座落於不毛之地的山丘碉堡裡獨自生活。

「我原本是來自一個了無生氣的村落。在超過二十年以前，在全世界掀起暴風般的大戰熱氣之中，我當過了冒牌傭兵。我就是在那時候知道伯爵知行合一的作風。伯爵是個讓人非常願意服侍他的主人。」

「您是在說……從鞋匠到牧羊人都會夢想出人頭地的戰亂時代吧。」

羅倫斯一邊邀弗理德喝酒，一邊說道。弗理德露出驚訝表情，然後一副滿意模樣點了點頭。

「沒錯。我說的就是不管是再怎麼荒涼的不毛之地，諸侯也都會為了得到那塊土地，而手拿武器奔走的時代。」

弗理德以符合老人的作風，一副感到懷念，又顯得有些驕傲的模樣描述著往事。

不過，羅倫斯心裡很明白。他知道事實上只有極小一部分的地區發生戰爭，卻被形容成宛如全世界充滿戰亂似的故事。這是因為那場戰役實在太過壯烈，所以在各地城鎮掀起話題。

羅倫斯當然沒有要潑冷水的意思，於是保持著沉默。不過，弗理德忽然喝了一口酒，然後看似愉快地注視著羅倫斯說：

「哈哈！你還這麼年輕，卻懂得自制。我還以為你會說『你這個無知的老頭子』呢。」

弗理德的話語讓羅倫斯感到驚訝，而不禁露出苦笑。

雖然待在這種荒郊野外，但弗理德確實知道時代變了。

「明明是發生在遙遠地方的戰爭，不知不覺中卻被誤解成是在爭奪鄰近土地的例子並不罕見。那場戰亂透過人們口耳相傳而延燒了下去。不管是住在城鎮的人，還是在村裡耕作的人，都很少有機會出外旅行。而且，旅人也都像你一樣，不會做出潑村民冷水的舉動。不知不覺中，人們腦裡已經認定全世界陷入了戰爭漩渦之中。」

當時想必是個平穩的時代。

雖然也曾聽說因為謠言而實際引發很多戰爭，但似乎很多狀況是當兩軍對峙並朗誦檄文時，才發現彼此想法有出入。

世上存在著很多像這樣的笑話。

「當時就是這樣的狀況，所以就連在外面也被形容是容易得意忘形的珍菲爾伯爵，盲信了酒吧的謠言。聽到伯爵宣言要在這裡蓋碉堡時，我真是像一隻嚇壞了的公雞一樣。」

說著，弗理德把撕碎的麵包丟向窗外。

「斯圖加特！」

弗理德這麼大叫後，窗外傳來近似馬蹄的腳步聲，但傳來叫聲後，解開了是誰擁有斯圖加特如此響亮名字的疑問。

斯圖加特似乎是一隻豬。

「不過，建蓋碉堡能夠讓很多人找到工作，而且珍菲爾伯爵出手又很大方。這座碉堡也就這樣被蓋好了。」

「也就是說沒有敵人攻來，是嗎？」

聽到羅倫斯的話語後，弗理德一副不想從夢裡醒來的模樣，緩緩點了點頭。

「我也記不大得了，大概在是十幾年前吧，我們在這裡幫助了很多迷路的人，也曾經聽到過下了山的盜賊想要攻擊這裡的謠言。但最後，這裡一次戰爭也沒發生過。」

面對這塊光禿禿一片、空有寬敞土地的荒野，光是展開攻擊都顯得浪費，而守護這裡也一點益處都沒有。這裡只要被包圍住，就無法做補給，轉眼間就會淪陷。

這裡沒有攻擊的價值，也不適合防守。

所以，這座被擱置的碉堡歷經十年以上的歲月，也從來沒有淪陷過。

「話說回來，伯爵過世後，也沒聽說過有任何人攻入領地。這塊土地太過荒涼，所以其他傢伙也不會想要得到。這不正是教會給我們的教誨嗎？所謂不擁有才是幸福。」

或許是酒精起了作用，弗理德的笑意裡夾雜了些許憤慨。

弗理德在碉堡裡住了十幾年。

如果沒遇過一次戰爭，或許會有些遺憾也說不定。

「不過，伯爵留下來的特權似乎也將在明年夏天期滿。不久前我才剛收到了一封信。」

「咦？」

羅倫斯驚訝地說道，弗理德也在那同時站了起來。

「所以，我剛剛不是說過幸好沒把你射死嗎？你是旅行商人吧？」

弗理德朝向窗外再丟了一塊麵包後，這回還夾雜了雞叫聲傳來。那可能是在水路生了雞蛋的保羅叫聲。

安靜的碉堡裡瞬間變得熱鬧。

「我有事情想拜託你。」

「這……好的，如果我能幫得上忙的話。」

雖說這陣子羅倫斯在行商路線上的生意已經好不容易上了軌道，但還是迫切渴望掌握到新生意的機會。就算這座碉堡的領主早已不在人世，特權也即將到期，應該還是有一些積蓄才對。如果能夠順利從中獲取利益，當然是再好不過了。

當羅倫斯在天平兩端衡量著獲救的恩情，以及自己的慾望時，一路盡忠守護碉堡的老人，露出顯得爽朗的笑容這麼說：

「我希望你幫我清算這座碉堡。」

羅倫斯抬起了頭後，才自覺露出了毫無防備的表情。以一個商人來說，這樣太沒出息了。

「我打算去旅行。出發前，我希望把所有東西都換成金錢。」

「這點……我是可以幫忙，只是……」

「我在這裡奉公職守了十多年，應該夠資格得到這些回報吧。最重要的是，我盡責地守護了領地的安全。」

最後一句話，弗理德是以醉漢的開玩笑口吻說道。

「你今天就先好好睡一覺好了。畢竟很久沒有客人到訪了，我可是在床鋪上鋪了滿滿的麥桿，你等會兒就為床鋪帶來的舒適感大吃一驚吧！」

弗理德以像個戰場上的騎士口吻誇張地說道，然後開心地大笑起來。

「人類所建造的建築物當中，碉堡是僅次於教會，第二充滿機能美的地方。」弗理德一邊走下石階，一邊說道。

想要爬上建蓋在山丘上的碉堡，一定要先穿過呈右螺旋狀的坡道。雖然這坡道陡峭，但還是足以讓馬車通行，同時也做了設計巧思，也就是敵人騎馬衝上來之際，面向碉堡的右手邊會一直是沒有遮擋物的狀態。一般來說，騎士會用右手拿武器，左手拿盾牌，所以在碉堡上比較容易展開攻擊。

保護碉堡的石牆上設有洞孔，其目的除了用來觀察敵人狀況之外，還考量到困守孤城時能夠掌握到月日，而配合太陽和曆書決定洞孔的位置。

白天的太陽高度如果會經過某個洞孔，就可以靠這些資訊推敲出大致的月份。

另外，因為石碉不會吸水，所以碉堡各處挖了用來收集雨水的水路，並讓水路流向菜園附近。水路流出的位置放了甕子，不浪費一滴水地收集水，就算水溢出甕外，埋在地底下的石板也會接住水，所以最終還是可以在水井取到水。

如果是更加氣派的碉堡，據說還會將排氣口設計成繞過整座碉堡，以便在爐灶冒出的熱煙排出屋外之際讓住人取暖。

羅倫斯根本無法想像碉堡會有這般機能。

「一個人要維護碉堡實在很辛苦。尤其是石頭坍塌時，根本就束手無策。」

雖然弗理德這麼說，但羅倫斯覺得弗理德好幾年來能夠獨力維護好這座石碉堡，根本可以算是一種奇蹟。

吃完早餐後，弗理德帶領羅倫斯到了地下的寶庫。寶庫當然沒有被敵人破壞過，並且還保持著完美的狀態，一點兒也沒有被濕氣和黴菌侵蝕。

「不過，雖說是比較值錢的東西，但還是以珍菲爾伯爵來到這裡時所留下的東西為主。因此對我而言，這些都是標不出價來的寶物，但是你覺得呢？以商人的眼光來看，這裡面有能夠換錢的東西嗎？」

燭光籠罩下，羅倫斯看見了高身分者旅行時所使用的帳篷和旗幟，以及長形衣箱和日常器具。帳篷和旗幟看起來確實是使用了高級布料，也沒有發霉，所以應該能夠賣得不錯的價格。日常器具方面沒有高級到採用氣派的銀製餐具，都是一些錫製或鐵製的東西。當然了，這些器具只要拿去熔燬，至少會有金屬本身的價值。另外還有記載了這座碉堡的權利書，以及免稅特權的羊皮紙，但這裡畢竟是十多年來連盜賊都忽視其存在的碉堡。可想而知，這般碉堡的特權證書一點價值也沒有，但如果刮去文字，就能夠再次以羊皮紙便宜賣出。說到其他挖出來的寶，頂多只有寫了騎士冒險故事的複本而已。

羅倫斯在腦海裡攤開帳簿，然後一邊加上幫忙換成現金時的手續費，一邊一件一件物品地告訴弗理德金額。

弗理德在抹了一層蠟的木板上，用短劍一一刻上價格。

「嗯，是這樣的金額啊……」

記下最後一筆金額後，弗理德一副感到佩服的模樣說道。

「帳篷和書本的金額都很高，或許能夠作為捐贈金讓您帶進修道院。」

在那之後，弗理德就能夠自在地過著每天祈禱和思索的日子。

聽到羅倫斯的話語後，弗理德大笑說：

「哈！哈！哈！我可是在這荒涼地方每天望著天空和地平線一路生活過來的人啊！我怎麼可能把錢花在那種事情上！」

弗理德做出像個年輕人的發言，然後深深吸入一口氣，並化為嘆息吐了出來。

「我是為了以劍得到領地，才會離開村落。事到如今不會想要安穩地死在有屋頂的地方。我是隸屬於珍菲爾伯爵騎士團的弗理德．里德梅耶！」

弗理德雖然是老兵，但還是有老兵的氣勢。

羅倫斯聽到弗理德的話語而心生某種感動時，弗理德忽然看向他說：

「說到騎士，讓我想到了一件事。有一樣最重要的東西忘了叫你幫我估價了。」

「最重要的東西？」

羅倫斯反問道，但弗理德沒有回答。弗理德放下木板，並把短劍插回腰上後，朝向空間不算寬敞的寶庫角落走去。

然後，弗理德挪開放了伯爵寄放帳篷和旗幟的箱子，並一鼓作氣地掀開鋪在箱子下方的深紅色布料。羅倫斯以為是建造地下室時的構造使然，才會有一塊凸起的地方，結果發現紅布底下出現了一只足以裝得下一個大人的大木箱。

木箱裡到底裝了什麼呢？羅倫斯的這般疑問很快地得到了解答。

弗理德掀開木箱的蓋子後，在燭光照亮下，羅倫斯看見像一個人縮成一團的身影。箱子裡裝的，是款式略舊、但從頭盔到鞋子一應俱全的整套盔甲。

「這些東西……」

說著，弗理德拿起頭盔，摸了摸有些受到擠壓的額頭部位後，帶著思念之情瞇起眼睛。

或許那頂頭盔過去曾經與弗理德一同在戰場上奔馳，並保護了弗理德的性命。

「你願不願意幫我換成現金啊？雖然這東西很笨重，搬起來挺累人的。」

說話的同時，弗理德把頭盔輕輕丟向羅倫斯。

頭盔表面上了足夠的油，雖然色澤變得黯淡，但沒有生鏽。

這套盔甲只要稍微磨亮一下，就能夠再次戴上戰場。

不過，羅倫斯在腦裡浮現戰服的價格後，看向弗理德。弗理德顯得難為情地笑笑。

「年輕時保護過我性命的這套戰服估起來，值多少錢呢？」

羅倫斯曾聽說過夢想成功的年輕人離開家園後，究竟會成為騎士還是山賊，就取決於能否湊齊一整套盔甲。

盔甲是如此有價值的物品，就像光是穿在身上，就能夠看出身分的國王外衣一樣。

可是，真的可以賣掉如此貴重的盔甲嗎？

這麼想著的羅倫斯無法答得順暢：

「……我想，應該可以拿到把這裡所有物品加起來的……價錢吧……」

「嗯，這樣啊。如果說比伯爵在戰場上威武飄揚的旗幟和帳篷還要高價，就表示之前穿這套盔甲的我，也是個相當了不起的人物啊。」

如果光是考慮金錢價值，或許確是如此，但從弗理德的口吻中，明顯聽得出這不是他的真心想法。大家曾經對著旗幟上的壯麗刺繡，以生命宣誓忠誠，但如今與色澤變得黯淡的盔甲相比，旗幟卻只有幾分之一的價值。

隨著時光經過，只會剩下物品本身的價值。

羅倫斯痛切感受到名譽或權威是多麼虛幻的東西。

「噗哈哈！如果是以前，我連想也沒想過要賣掉盔甲，但現在面對盔甲說不出話來的人不是我，而是商人，真是太有趣了。」

被弗理德拍了一下背後，羅倫斯不由地咳了一下。

朦朧的燭光下，讓弗理德更顯得是在強打精神。

「……說實話，就算沒有賣掉盔甲，其他東西應該也夠湊齊盤纏。而且，您都有能力維護這座碉堡了，想必要當石匠或園藝師來維生也難不倒您吧。」

「沒關係，為了讓我守護這座碉堡，伯爵正式賜給了我騎士身分。既然要離開這座碉堡，就不需要盔甲了。」

不管是村落或城鎮，最讓人頭痛的生意對象就是頑固老人。頑固老人不僅態度強硬，而且一定會堅持主張到底。在弗理德身上，羅倫斯也察覺到了這般氛圍，但羅倫斯是因為看見弗理德顯得落寞的側臉，才放棄說服。

事實上，弗理德不想賣掉盔甲。

可是，一整套盔甲要作為陳年回憶帶著走，未免太沉重了。

弗理德的這般心聲顯而易見。

「好了，上來去喝點酒吧。既然決定要離開這裡，有些酒我想先開來喝。」

弗理德用著惡作劇的口吻這麼說，刻意做出「現在還是上午，就提議要喝酒」的表現，好讓羅倫斯知道他過往的生活有多麼快活。

把頭盔收進木箱後，羅倫斯兩人爬上階梯離開了寶庫。

「我參加過幾次大規模的戰爭。其中也包括了就算過了一千年後，編年史作家還是會記得的戰役。我的頭盔不知道被箭射中而彈開過多少次。鎧甲被敵人的斧頭打到彈開來的時候，我簡直是頭暈得眼冒金星。後來拿去鐵匠那裡修理時，鐵匠還說我的鎧甲沒有裂開來，肯定是受到了神明庇佑。」

弗理德從食物儲藏室拿來了透明葡萄酒，倒進杯中後出現薄薄一層沉澱物。與因為葡萄渣或為了掩飾味道而放入生薑等品質低的葡萄酒截然不同，杯底那層沉澱物，是羅倫斯只耳聞過其存在的高級葡萄酒特有的東西。

這種酒絕不是適合坐在屋簷下，一邊讓雞隻啄著鞋子上的毛球，還讓豬隻在旁邊吵著要吃東西，然後一邊喝的酒。

羅倫斯猶豫著該不該喝葡萄酒時，弗理德一臉開心得不得了的表情。

「這一定是神明的指引！居然來了一個識貨的年輕人！」

弗理德這麼說完後，硬是邀羅倫斯乾杯，並一鼓作氣地喝光了酒。

這麼一來，羅倫斯就不得不喝了。

可以的話，羅倫斯還真希望喝下後能夠吐出來裝在酒桶裡，再拿去城裡賣。

「其實我是很想跟伯爵再喝一次，但沒辦法囉。」

說著，弗理德露出了笑容。那笑容不屬於比羅倫斯多走過好幾倍歲月的老人笑容，而是與羅倫斯同年……不，應該是比羅倫斯更年輕、內心仍抱著英雄夢的少年笑容。

羅倫斯喝光酒後，看見杯子裡又被倒進貴得讓人昏眩的高級酒。於是害怕會喝醉酒的羅倫斯開口說：

「離開這裡後，您打算去哪裡呢？」

聽到羅倫斯的詢問後，弗理德抬高視線地看著羅倫斯，並看似愉快地在自己的杯子裡倒酒。明明是貴族用晚餐時會喝的高級酒，弗理德卻貪心地倒了太多，結果灑了一些酒出來，剛好被經過的羊隻舔去。

「我想去找以前的同伴。同伴偶爾會寄信來。不過，當然是透過重情又重義，到現在還會送生活品過來的修道院寄來。」

就是喝劣質的啤酒時，也沒有人這麼粗魯。

弗理德一口喝下將近半杯的酒，再咬了一口豬肉香腸。

「昔日威武的同伴，也差不多走到了人生的盡頭。這恐怕是跟同伴聊往事的最後機會。還有，我想去看看以前守護過的城鎮變成什麼樣，也想去以前因為我們而遭到淪陷的城鎮教會贖罪。雖然我這樣子，但還是想上天堂。」

弗理德沒出聲地笑笑，那模樣顯得迷人，會讓人感覺到弗理德過往真的在戰場上訓練過。想到自己老了後恐怕沒辦法變得像弗理德這樣，羅倫斯不禁有些不甘心。

「然後，最後如果能夠躺在某處的溫暖草原上死去，那就好了。你好像是過著旅行生活的旅行商人吧。」

弗理德的話題轉向了羅倫斯。

「是的，沒錯……」

「那這樣，你沒有過這樣的經驗嗎？當你餓著肚子一邊想著自己搞不好會死掉，一邊呈大字型地躺在好天氣的草原上時，會有一種莫名的爽快感。」

弗理德一邊仰望天空，一邊這麼說。

被弗理德這麼一說，羅倫斯有些嘔氣地喝了口酒。

羅倫斯身為商人自立門戶以來，只知道盯著地面看有沒有錢掉在地上。肚子餓的時候，羅倫斯會幻想不知道能不能把鞣皮氽燙來吃，或是一直注視著圓渾有肉的馬兒屁股看。

呈大字型地躺在地上，仰望天空準備接受死亡；羅倫斯出生以來從不曾擁有過像這樣的覺悟，甚至想像不出那種感覺。

這般事實讓羅倫斯感到很不甘心，而面向著前方。

「可能的話，我是很想這樣子死去。但事實上……」

在這之後弗理德似乎嘀咕了什麼，但羅倫斯沒能夠聽到內容。

羅倫斯反問後，弗理德卻說他根本沒說話。

弗理德似乎是動了嘴巴卻說不出口，所以喝酒想要把話吞回去。

「已經打開寶庫讓商人看的騎士大人，事到如今還有什麼好隱藏的呢？」

這句話對特別注重名譽的騎士，似乎很有效果。

弗理德用力拍了一下自己的額頭大笑，然後丟了一塊搭配料理的麵包給一直虎視眈眈的斯圖加特。

「你說的一點也沒錯。唉呀，我只是一邊說話的時候，忽然驚覺到自己到了這把年紀，終於也會開始想這些事情。」

斯圖加特還想要討東西吃而靠過來，但弗理德推開牠的鼻子，然後把盤子推到屋簷下最裡面的位置說：

「呈大字型躺在草原上仰望天空，這其實是我初次上陣時的經驗。」

羅倫斯完全無法想像那會是多久以前的事情，但弗理德一副彷彿昨天才發生似的模樣，開始描述起來：

「那時我穿著笨重的盔甲，騎著不熟悉的馬兒，心情急得不得了。我和敵人對上，並交手二、三槍後，我以為自己打倒了敵人，結果發現時已經呈大字型躺在地上仰望天空。盔甲這東西真的很笨重，雖然它很堅固，但一旦倒下來，就沒辦法獨力站起來。再來就只能等著被人刺死，不然就是等同伴來解救。」

羅倫斯想像了騎士像一隻烏龜翻過來的畫面，差點笑了出來。

「我當然已經做好一死的心理準備。而且因為受到倒下的衝擊，我什麼也聽不見。只看見一片晴朗的初夏天空在眼前延伸開來。戰亂之中，我真的以為自己看到了天堂。」

然後，弗理德在最後壓低聲音說：「其實我是在以為自己打倒了敵人的那一瞬間，太過興奮而落馬。」

就算沒有穿著笨重盔甲，光是從高大的馬兒背上掉下來，也很容易致死。

弗理德落馬後不僅只是暈厥過去而已，也沒有被長槍刺死並被奪走身上所有東西，看來應該原本就是一位受到神明庇佑的人物。

不過，弗理德只說了這段往事，並沒有把說到「事實上」就停頓下來的話繼續說下去。

弗理德似乎也知道自己沒能成功敷衍過去，他一副不肯死心的模樣一會兒搔搔鼻子，一會兒喝酒，不然就是望著斯圖加特和保羅在互搶麵包。

直到喝光第三杯葡萄酒後，弗理德才總算開口說：

「我有事想拜託你。」

「是。」

弗理德隔了這麼久才開口，所以羅倫斯也已經猜出大概會是什麼事情。

在寶庫裡看著盔甲時，弗理德露出了那麼落寞的表情。

羅倫斯藏不住笑意地露出笑容回答。

臉頰已經泛紅的弗理德，用著顯得呆滯的眼神看向羅倫斯說：

「你願意見證我的最後一場戰役嗎？」

出發前，他希望再一次沉醉於過往回憶之中。

以一個對於一切事物都能夠不抱一絲憐憫心換成金錢的商人來說，羅倫斯自知還不能夠獨當一面。對羅倫斯而言，這是會讓人心神寧靜下來的請求。

「我很樂意幫忙。」

弗理德猛然站起身子，然後一副感到刺眼的模樣看向太陽。

雖說一整套盔甲的狀態不差，但繩子和皮革的部位畢竟還是已經腐爛或生了鏽，所以必須先換新。

幸虧弗理德擁有連工匠都會臉色鐵青的精巧手藝，所以轉眼間就利用鞣皮做好繩子，並進行修補。

弗理德進行修補的這段時間，羅倫斯用麻布沾了大量油脂，然後擦著盔甲、鎧甲以及手背套。盔甲上到處可見刀刮傷以及凹痕。

尤其是鎧甲上，還看見了會讓人覺得就算穿著鎧甲，也可能是致命一擊的大凹痕。

弗理德本人則是大笑說他也覺得很不可思議怎麼自己沒死。

很多時候都是因為這樣的狀況而在世上存活下來。

聽說該死的時候，就是遇到村落的孩童亂揮木槍也會死。

「好了，差不多是這樣吧。」

弗理德在最後綁上皮繩時，早已經過了中午時刻。

此刻羊隻和斯圖加特感情要好地在寮舍旁吃草，保羅不知道在碉堡後方做什麼，時而傳來雄赳赳的叫聲。

看著擦得閃閃發亮，同時刻滿百戰傷痕的盔甲，就是一路身為商人走來的羅倫斯看來，也覺得帥氣得讓人胸口發熱。

怎麼能夠賣掉這盔甲呢？

羅倫斯腦中甚至浮現了這般想法。

「這些不知道穿不穿得上去。」

弗理德一邊與羅倫斯一起望著盔甲，一邊這麼說，其聲音明顯上揚。

弗理德應該想穿上盔甲想得不得了，但在羅倫斯面前，難免有些難為情。

「呃……還差武器呢。寶庫裡有長槍和長劍，我去幫您拿過來吧。您要哪一種呢？」

羅倫斯問道。弗理德沉思了一會兒後，這麼說：

「幫我各拿一把長劍和長槍來。」

「各一把？」

「嗯。我來拿長劍，你可以拿長槍嗎？」

據說穿著盔甲騎在馬背上揮舞長劍的動作，就連全身肌肉發達的年輕騎士做起來都很吃力。

騎在馬背上時多是使用長槍，然後只要握住長槍向前衝就好。

不過，羅倫斯照著弗理德所說，跑了一趟寶庫，拿來長劍和長槍。

長劍和長槍的狀況比盔甲差，長槍的矛頭更是變得搖搖欲墜。

如果也不修理好這些武器，恐怕很難進行模擬戰；羅倫斯一邊這麼心想，一邊走出中庭後，看見了一名小個子騎士。

羅倫斯不禁看傻了眼。原因不僅是弗理德獨力就穿上笨重的盔甲，還有弗理德的模樣。

弗理德上半身被泛黑的銀色盔甲裹起，跨在其腳下的不是高大馬兒，而是悠哉吃著草的羊。

「這是我的愛羊，愛德華二世！」

愛德華二世一臉無奈地發出「咩～」的一聲。

弗理德想必也明白，自己無論在體力上或技術性上，都難以騎上馬背。

不過，弗理德騎在羊身上的模樣實在太滑稽了。

羅倫斯忍不住笑了出來後，弗理德也大笑起來，並大聲說：「拿長劍來！」

「我乃珍菲爾伯爵麾下，向深紅色老鷹效忠的弗理德．里德梅耶！」

弗理德用右手握住長劍，然後把劍柄抵在胸口、把刀刃部位抵在額頭上大喊。他的動作毫不含糊，而且氣勢十足。

弗理德揮動長劍的動作也十分俐落，看來似乎沒有忘記穿著笨重盔甲時，應如何使用沉甸甸的長劍。

「拿起長槍吧，年輕人！」

然後，弗理德大喊道。

羅倫斯急忙拿起矛頭搖搖欲墜的長槍，那模樣顯得有些糗。

下一秒鐘，弗理德不知道用左手拍打還是捏了愛德華的屁股。

羅倫斯才聽到如哀嚎般的聲音，便看見愛德華化為一陣狂風跑了出去。

羅倫斯驚訝地站在原地不動時，弗理德穿過其身旁，並巧妙地揮動長劍打中長槍槍柄。

「年輕人，怎麼著？嚇到了啊？」

弗理德一手抓住陷入混亂的愛德華脖子，硬是讓愛德華轉向面對羅倫斯。

身穿盔甲的老騎士騎在毛茸茸的羊身上。

那模樣帥氣得讓人甚至想笑。

「我的長劍和你的長槍，哪一方才受到勝利女神的庇佑呢？現在就來見真章吧！」

愛德華試圖甩開背上的包袱逃跑。

然而，愛德華畢竟是一隻羊。

愛德華的腳步很快就慢了下來，並緩緩跑了過來。

弗理德大動作地揮舞長劍，並一直注視著羅倫斯的眼睛。

其臉上沒有浮現興奮表情，也沒有因為懷念而哭泣，而是露出沉穩的表情。

羅倫斯朝向滿是防守漏洞的軀體刺出長槍。弗理德撥開長槍，並準備以完全想像不出是老人的順暢動作揮舞長劍。

在那瞬間，愛德華似乎已經超出忍耐極限，使出了全身的力氣。牠低下了頭，猛然快跑出去。

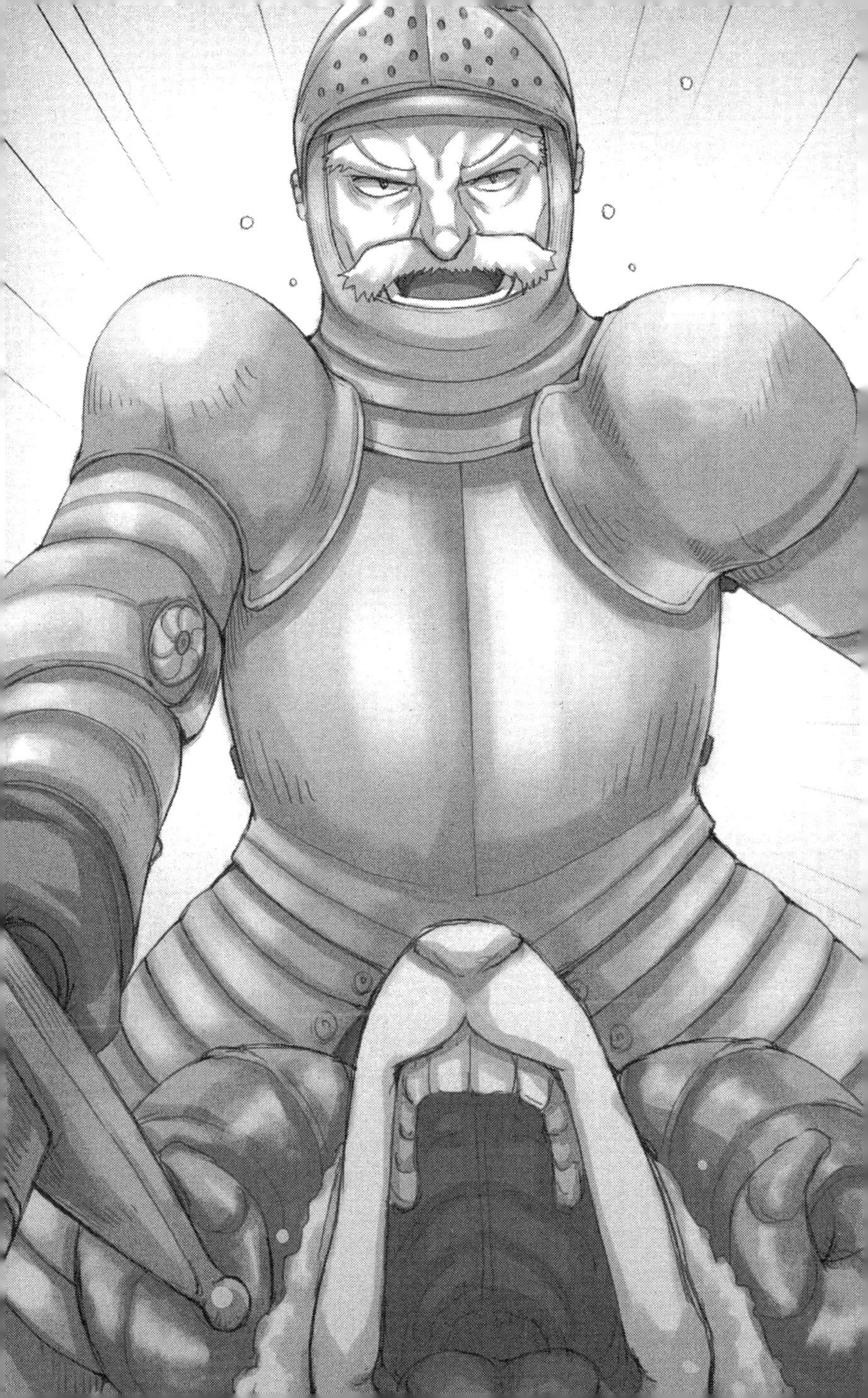

弗理德因為速度突然加快而失去平衡，再加上受到盔甲和長劍的重量影響下，整個人往後傾。羅倫斯刺出的長槍矛頭碰觸到弗理德，感受到輕微反彈力的同時，矛頭也從根部斷成兩截。

弗理德就這麼倒向後方，並攤開雙手地從愛德華背上摔落。

這一切動作在瞬間結束。

羅倫斯聽到「喀鏘」一聲而回過神來，然後急忙丟開槍柄，跑向弗理德。

「弗理德先生！」

羅倫斯跑近一看，發現弗理德直直望著天空。

看見弗理德手上還握著長劍，羅倫斯感到驚訝不已。

他之所以不起身，可能是背部受了傷的關係，也可能就像他講述的回憶一樣，穿著盔甲的騎士無法獨力起身。

弗理德一邊望著天空，一邊以充滿戲劇性的口吻說：

「老、老天爺也終於放棄我了啊……」

弗理德緩緩移動視線看向羅倫斯。

「不過，如果你夠慈悲的話……」

然後，弗理德用左手在腰部摸索一陣，最後取出之前使用的短劍。

「可不可以刺一刀，讓我痛快一些？」

雖然羅倫斯等旅人平常用餐或從事一些作業時，也會使用短劍，但這把短劍明顯散發出戰場的氣息。

弗理德手持短劍的刀刃部位，讓劍柄朝向羅倫斯，如果以商人來說，這般舉動等於是交出空白合約書。

騎士非常清高，輸了時也必須表現得很乾脆。

既然全身裹了銀色盔甲，無論是以長劍砍頭或以長槍刺胸口都不對。以短劍用力朝向頭盔和鎧甲間的縫隙刺去，才是最具合理性的動作。

弗理德的眼神真摯，看不出一絲在開玩笑的意思。

儘管感到遲疑，在弗理德的氣勢下，羅倫斯還是接過了短劍。

看著比平常用的短劍更厚實的長刃，羅倫斯緊張地嚥下口水。

弗理德到底希望羅倫斯怎麼做？該不會是要羅倫斯在這裡親手送他走上永恆之旅吧？

現在領主已不在世上，也被盜賊忽視，為了遵守特權而送來生活物資的修道院人士不久後也將不會再來。這裡將變成一座被世上所有人遺忘的碉堡，而住在碉堡裡的是一名騎在羊身上，還讓商人看見寶庫的年邁騎士。

自殺太失面子了。

不過，如果是藉由他人之手就不會。

羅倫斯俯視著弗理德。

羅倫斯用力握住短劍以掩飾顫抖的手，然後深深吸入一口氣。

這時，羅倫斯發現短劍的刀刃上刻著文字。

——願神憐憫——

羅倫斯像是被吸引了過去似的，盯著刻在刀刃上的文字。

儘管必須很乾脆地認輸，但騎士並非想死。既然不能說出求饒話語，只要在會給自己致命一擊的武器上寫出來就好了。

這或許是一種在名譽與真心之間所產生的文化。

羅倫斯忽然緩和表情，然後把短劍插在腰帶上。

看見羅倫斯的舉動後，弗理德忽然放鬆頸部的力量，並隨著發出「叩」的一聲看向天空。

弗理德的表情有別於鬆了口氣，而是顯得爽快的表情。

「我被人憐憫了啊。」

「是的，您被商人憐憫了。」

弗理德扭曲著嘴角，然後嘆了口氣說：

「那這樣，我就不能再自稱是騎士了。真是經歷了一場激烈又漫長的愉快戰鬥。」

就這樣，老兵弗理德完成了離開碉堡的準備。

羅倫斯說完故事後，不知不覺中雨已經停了。

赫蘿在羅倫斯懷裡，保持著從身後被抱住的姿勢躺在羅倫斯身上動也不動。一陣輕柔的風兒帶著雨剛停的水氣吹來，赫蘿身上的香甜氣味以及亞麻色長髮隨之刺激著羅倫斯的鼻子。

赫蘿是不是睡著了？

羅倫斯才剛這麼想，懷裡的赫蘿身體就小幅度地抖動了一下。

赫蘿似乎是打了噴嚏，羅倫斯一看後，發現火堆裡的火勢已轉弱許多。

「……唔。」

羅倫斯心想赫蘿不知道嘀咕了什麼，後來發現好像是打了一個大呵欠。

赫蘿的身軀在羅倫斯懷裡膨脹起來，接著這位賢狼朝向天空張開嘴巴。以符合森林王者的作風張大嘴打了呵欠後，赫蘿睡眼惺忪地趴著朝向木柴堆伸出手。這時，一直被夾在羅倫斯與赫蘿之間的尾巴，顯得刻意地拍了一下羅倫斯的臉。

羅倫斯心想，或許赫蘿是以打呵欠來掩飾淚水也說不定。

赫蘿本身也是受人之託而在麥田裡待了好幾百年，但拜託她的人早已死去，周遭的人們也逐漸忘了她的存在。

「在那之後……這裡就一直沒有人住麼？」

因為有好一會兒時間沒出聲說話，赫蘿說到一半時咳了一聲。

「應該是吧。不過，弗理德先生似乎也有所遺憾，所以說過要把碉堡的所有權和特權全部整理給他想到的對象。看來弗理德先生最後沒能夠順利如願。」

領主們之所以會為了得到領地而爭奪不休，是因為不毛之地永遠是不毛之地，而土地肥沃的地方有限。

明明是這麼簡單的道理，但一旦清清楚楚呈現在眼前時，還是會感到落寞。

赫蘿漫不經心地把木柴丟進火堆裡，火花隨之高高揚起。

「或許世上就是會這樣變化唄。」

赫蘿用著特別爽快的口吻說道，然後一站起身子，便看向天空。

「世上沒有不會改變的東西。所以咱們能夠做的頂多是好好珍惜眼前的事物——頂多就只是這樣而已唄？」

走過好幾百年歲月的赫蘿都這麼說了，只活了二十幾年的羅倫斯當然不可能說些什麼。

不過，高齡數百歲的約伊茲賢狼赫蘿說出這番話後，才開始覺得有些難為情的樣子。

赫蘿回頭看向羅倫斯，然後有些靦覥地笑著說：「肚子有點餓了。」

羅倫斯一邊感到疲憊地笑笑，一邊拿出麵包和豬肉香腸。雖然在半夜裡吃東西比吃早餐更奢侈，但羅倫斯自己也因為說故事說得累了，而有些肚子餓。

羅倫斯拿出短劍準備切香腸時，忽然感覺到有視線傳來而抬起頭。

赫蘿俯視著羅倫斯，露出了壞心眼的笑容說道：

「汝給的憐憫到什麼程度啊？」

羅倫斯一時之間沒能夠會意過來，但把視線移向手邊後，立刻察覺到了赫蘿的意思。

貪吃的赫蘿，以及吝嗇得連零錢也不放過的小氣商人羅倫斯。切香腸的厚度有多厚，代表著彼此利害關係的妥協點。

赫蘿乞求羅倫斯切厚一點來憐憫她，羅倫斯則是乞求赫蘿少吃一點來憐憫他。

羅倫斯保持用短劍按住香腸的姿勢，沒看向赫蘿地開口說：

「妳的意思是要我別當商人嗎？」

羅倫斯用短劍按住香腸，準備切薄一點。

就在香腸的薄皮快要被割破了時，赫蘿看似愉快地說：

「到那時咱會刺一刀，讓汝痛快一些。」

羅倫斯以為赫蘿蹲了下來，結果看見赫蘿緩緩抓起短劍刀刃，然後把刀刃移到厚度超過一半以上的位置。

發出愛惡作劇目光的琥珀色大眼，就近在眼前。

換成是騎士弗理德，肯定也會投降。
羅倫斯加重了握住短劍的力道。
「啊～願神憐憫！」
赫蘿露出滿面笑容。
建築物如果沒有人維護，很快就會損壞。人類的笑容也一樣，如果沒有吃到好吃的飯，肯定很快就會黯然失色。就這點來說，這隻賢狼可說特別棘手。
羅倫斯一邊為自己找到這樣的藉口感到難以置信，一邊抓起厚厚一片香腸送到赫蘿面前。
弗理德的故事並沒有什麼特別，只是充斥於世上的故事之一。
凡事都有結束和分離的一天。
既然無法避免這點，至少在那瞬間到來之前，能夠讓赫蘿一直保有笑容就好。
願神憐憫這個愚蠢的旅行商人。
羅倫斯這麼嘀咕後，短劍在月光反射下發出了朦朧光芒。

完

狼與灰色笑臉

羅倫斯先生與赫蘿小姐又在吵架了。

吵架原因是，吃晚飯時分給赫蘿小姐的燉肉太少了。

羅倫斯先生的主張是「赫蘿小姐白天偷吃了肉乾，所以扣掉了那些分量的肉」；而赫蘿小姐的主張是「膽子不小啊，先拿出證據再說」。

事實上，赫蘿小姐真的偷吃了肉乾。我親眼目擊到赫蘿小姐趁著羅倫斯先生到鎮上觀察城鎮狀況，或和旅館的人在交談時，悠哉地在床上一邊叼著肉乾，一邊梳理尾巴的毛髮。

儘管如此，羅倫斯先生也不可能知道真相，所以當赫蘿小姐逼問他有沒有證據時，不禁說不出話來。我心想如果說出目擊到偷吃畫面的事實，想必局勢就會大逆轉。

但我沒有說出來，因為我覺得赫蘿小姐一定想好了反擊的方法。

畢竟赫蘿小姐是活了好幾百年，而且被稱呼為賢狼的狼神。

「證據呢？」

赫蘿小姐繼續逼問。

羅倫斯先生露出苦澀表情壓低下巴說：「沒有。」赫蘿小姐沉默地瞪著羅倫斯先生好一會兒後，用鼻子發出「哼」的一聲，並別過臉去。接著，赫蘿小姐一副彷彿在說「這是咱應有的權利」

似的模樣，從袋子裡抓出肉乾。

我開始與他們兩位一起旅行後，經常有機會目擊到這般互動。兩人多是因為一些別有含意的措詞，或微不足道的誤會開始起爭執；而像這次一樣，起因明顯在於赫蘿小姐的狀況居多。一開始時，我都會在旁邊看得心驚膽跳，但最近已經習慣了，所以不會太過在意，只會稍微轉過身去。

這次也是一樣的場面。先聽到羅倫斯先生的嘆息聲，跟著看見赫蘿小姐板著臉別過臉去。在赫蘿小姐的認知裡，或許偷吃的行為根本不算是在做壞事吧。雖然我覺得既然彼此的想法不一樣，只要好好溝通一下就好，但不知道為什麼，他們兩位就是不這麼做。

不過，不知道是不是因為稍微頂起肩膀的緣故，兩人明明都別開臉不願意看向對方，感覺上距離卻比吵架前拉近了一些。

在我居住的村落裡，很少有機會看見像這樣的畫面。

在城鎮停留時，有很多晚餐地點可選，像是去旅館附設的餐廳或去酒吧都可以。不過，羅倫斯先生總是希望盡可能地在旅館房間裡吃晚餐。

選擇在旅館房間裡吃晚餐時，羅倫斯大多會自己去採買便宜的食材，然後帶進旅館附設的餐廳請人幫忙料理。我問過羅倫斯先生原因，結果得到「這麼做比較便宜」的答案。羅倫斯先生還說：「在房間吃飯就算料理不夠吃了，也會因為要加點料理很麻煩而死心，所以也能夠避免浪費。尤其是我們家有一個不管送來多少食物都會吃下肚的傢伙。」說到最後這句話時，羅倫斯先生還露出了苦笑。

赫蘿小姐似乎也知道羅倫斯先生不去酒吧或餐廳吃飯的原因，所以會很珍惜地喝著酒。在房間裡吃飯時，當赫蘿小姐喝完分配到的酒後，無論再怎麼任性撒嬌，也討不到額外的酒。羅倫斯先生只會面無表情地遞出水壺。

雖然羅倫斯先生和赫蘿小姐吵架時，不會像在我們村落裡經常看見的吵架場面那樣互丟東西，但兩人會立刻停止交談，也不會看彼此一眼，就彷彿身旁沒有任何人一樣。在我們村落，只要有人吵架，雙方當事人都會變得像怒火焚身一樣，周遭的人都會等到怒火熄滅後，才敢靠近當事人，也總習慣把容易摔壞的東西藏起來。

羅倫斯先生與赫蘿小姐不會大吵大鬧，但相對地，即使在經過一場殺氣騰騰的互動後，也能夠立即展露笑容與其他人說話。不止這樣，早上起床後兩人還能夠露出彷彿從沒有發生過任何不愉快似的表情。

然後，兩人似乎能夠把對方的存在完全趕出思緒外，可以真的很自然地忽視對方。舉例來說，一場「忽視」對抗賽過後，無論先讓步的羅倫斯先生再怎麼主動搭腔，只要赫蘿小姐的心情還沒有轉好，就會完全無動於衷。在忽視羅倫斯先生的同時，赫蘿小姐還能夠讓自己的口吻、態度和眼神，都顯得很自然地跟我開玩笑。

看見兩人明明都在生氣，卻能夠若無其事地露出笑容，一開始我甚至有種毛骨悚然的感覺。明明如此，觀察完整體狀況後，卻會覺得兩人像小孩子一樣，真是讓人越來越搞不懂他們。

吃完飯後，我收拾好向旅館借來的餐具拿去廚房歸還，並準備走回房間時，遇到羅倫斯先生拿著水壺走出來取水。

結果，我還是忍不住把赫蘿小姐偷吃的事情告訴了羅倫斯先生。

羅倫斯先生聽了後，果然以一副根本沒有吵架過似的模樣，略感意外地說：

「嗯？赫蘿她偷吃？」

「是的……我想不應該瞞著您不說……」

教會在教誨裡告訴我們，神明會看見我們的一切所為，所以就是刻意隱瞞也沒有用。可是，大家並非擁有像神明一樣的眼睛，所以對多數人來說，很多事實永遠都是看不見的。

在我們村落如果有人說謊或有所隱瞞，就會被人用彎曲的弓打屁股。

在村落時，我們一直被灌輸一個觀念，那就是「在冬季期間完全被雪封閉，還會有熊或狼出沒的山中，一些微不足道的謊言或隱瞞事實，有可能導致令人無法想像的大災難」。

雖然下了山後，我遭遇過無數謊言，也被隱瞞很多事實，但心中依舊認為必須糾正這些錯誤。

畢竟，當時赫蘿小姐硬塞給我一片肉乾，而我終究把肉乾吃了下去。

「喔，我早就知道了啊。」

羅倫斯先生雖然這麼說，臉上卻掛著看似愉快的表情。

「咦？可是，您不是……」

「如果要我拿出證據，我確實拿不出來，但我發現肉乾少了四片。我猜應該是赫蘿吃了三片，你吃了一片吧？」

聽到羅倫斯先生這麼說，我不禁覺得從頭頂到指尖一陣麻。

羅倫斯先生不僅擁有比寫得密密麻麻的聖經還要多的知識，就連持有物的數量都掌握得一清二楚。

「……對不起。」

道歉後，我低下了頭。

在村落如果被發現偷吃東西，甚至有可能全裸地被罰站在家門口。

然而，羅倫斯先生笑笑後，把手上的水壺輕輕放在我頭上說：

「是赫蘿逼你吃的吧？」

雖然羅倫斯先生說的一點也沒錯，但看見羅倫斯先生表現出對此事實深信不疑的態度，反而讓我有些擔心起來。

「我說錯了嗎？」

我慌張地把原本抬高的視線往下移，然後輕輕搖了搖頭。

「我沒有懷疑你說的話，就代表我很信任你。」

我抬頭一看後，發現羅倫斯先生臉上依舊掛著笑容。

「而且，赫蘿應該多多少少也察覺到我會數肉乾的數量吧。」

「咦？」

從我頭上挪開水壺後，羅倫斯先生一邊走路，一邊說話。

我驚訝地反問道，但羅倫斯先生等到我追上他的腳步後，才回答說：

「其實我並沒有要當場糾出不當行為，讓事實定出是非的想法。而且，我們也不是窮到沒錢吃東西。」

羅倫斯先生打開通往中庭的門，並走到屋外。

今晚是一個多風的月夜，感覺上手上的油燈很容易就會被吹熄。

「不過，有時候心情鬆懈太久，或許有一天會在旅途上招來大災難。也可能發生在遇到重要局面時，因為只缺了一些錢，而不得不放棄的狀況。你懂我的意思吧？」

我點了點頭後，羅倫斯先生也點了點頭。

我也覺得羅倫斯先生這番話很重要。

然而，羅倫斯先生看見我的反應，雖然露出了滿意的神情，但臉色卻隨即暗了下來。

「不過，那傢伙在某些地方會固執得不可理喻，或許也可以直接形容她純粹是孩子氣吧。如果我當面糾出她的不當行為，她肯定會意氣用事到底。」

赫蘿小姐是一隻被尊稱為賢狼的狼，應該不至於這麼孩子氣吧。

雖然我心中抱著這般想法，但羅倫斯先生聳了聳肩，然後一邊說：「聽好啊。」同時一邊把臉貼近。

「就先假設我一直追問赫蘿是不是偷吃，然後逼得她點頭承認好了。這麼一來，到後面遇到休息時間如果拿什麼吃的東西給赫蘿，她肯定會說：『這樣不是在偷吃嗎？』那也就算了，赫蘿可能還會說：『吃掉這東西沒問題嗎？』或是『寇爾小鬼，這一定是個陷阱』之類的話。你不覺得嗎？」

羅倫斯先生露出打從心底感到厭煩的表情，並學著赫蘿的口吻說話。

我沒有信心敢大聲打包票保證「赫蘿小姐絕對不會這麼做」，事實上赫蘿小姐也確實有可能說出這種話。

在被羅倫斯先生的氣勢壓倒下，我還是感到很不可思議。做出這般發言的羅倫斯先生明明露出打從心底感到厭煩的表情，卻看不出一絲討厭赫蘿小姐的情緒。

「所以，當下不需要追問，也沒必要提醒赫蘿我一直在數食物的數量。赫蘿又不是笨蛋，只要稍微點她一下，她就會停止偷吃一段時間，而且表面上是我爭不過她，所以也不會真的掀起風波。還有一點——」

羅倫斯先生從水井拉起吊桶，然後把冰涼的水倒進水壺裡。

「只要讓氣氛變得糟一些，那傢伙也比較難開口吵著要加點酒或食物，對吧？」

我感到佩服地點了點頭。

的確，羅倫斯先生說的有道理，畢竟赫蘿小姐的個性很容易意氣用事。

「真是受不了那傢伙，她應該也痛切體會到沒有為緊要關頭時做準備，會是多麼可怕的一件事……真是個愛惹麻煩的傢伙。」

羅倫斯先生拿著裝了九分滿的水壺，然後深深嘆了口氣。

「要不是有我當旅伴，真不知道那傢伙會變成什麼狀況。」

羅倫斯先生與一名正好經過走廊的商人似乎是朋友，所以改由我把水壺拿回房間。

回到房間後，我發現赫蘿小姐一邊貪婪地小口小口舔著剩下的酒，一邊在床上梳理尾巴。

「唔？那是水嗎？」

「您要喝嗎？」

我詢問後，赫蘿小姐點了點頭。赫蘿小姐會表示要喝水，就代表她今天不喝酒了。因為赫蘿小姐總會說：「雖然一直喝酒會口渴，但總是會想用酒來解渴。只有大笨驢才會喝水來解渴。」

我環視了屋內一圈，打算找容器盛水，但赫蘿小姐卻直接朝向我伸出手來。然後，赫蘿小姐接過水壺就直接湊近嘴邊喝了起來。赫蘿小姐用著像在喝酒的豪邁方式在喝水，卻沒有灑出半滴水來。

我心想，赫蘿小姐今天似乎沒有喝得那麼醉。因為平常時候，我經常看見羅倫斯先生一發現赫蘿小姐的嘴角灑出水，就急忙幫忙擦嘴的畫面。

「呼～沒有什麼比冰水更好喝了。嗝！」

赫蘿小姐打了一個嗝後，哈哈笑著遞出水壺。

我接過水壺，然後放在桌上。

赫蘿小姐的心情看起來還不錯。

「那隻大笨驢呢？」

「您是說羅倫斯先生嗎？他好像在樓下和認識的商人說話。」

我本打算詢問「需要我去叫人嗎？」但後來改變了念頭。

我多少也慢慢學會了與赫蘿小姐的應對方式。

「哼。可別又一頭栽進什麼怪賺錢生意才好……」

赫蘿小姐低頭看向毛髮蓬鬆的尾巴後，發現一根捲起的毛髮並輕輕拔起，呼了口氣吹走。在那之後，赫蘿小姐打了一個大呵欠，然後舉高雙手伸了一個大懶腰。那動作連我在旁邊看了，都覺得肯定很舒服。

「……呼。那，寇爾小鬼，汝有沒有打咱的小報告？」

我坐在椅子上檢查草鞋的狀況時，赫蘿小姐像往常一樣，一開口就直指核心。

我沒辦法像羅倫斯先生那樣裝糊塗。

吃了一驚地縮起身子後，我看向赫蘿小姐。

「呵。咱沒有在生氣。」

赫蘿小姐露出笑容時，很多時候不是真正的笑容。

雖然到現在還是會有分辨不出真假的時候，但我猜這次應該是真的。

「然後呢？那隻大笨驢說了什麼？」

赫蘿小姐把裝了酒的酒杯放在地上，然後推向角落。

如果是在平常，這會是準備要睡覺的暗號。

然而，赫蘿小姐把雙腳抬到床上後，就這麼盤腿而坐，跟著用手肘倚著膝蓋托起腮，以一副感到無趣的模樣看著我。

「呃……那個……」

我當然還記得不久前與羅倫斯先生的對話，但如果全說了出來，兩人肯定會吵架。

因為我不擅長於說謊，所以決定只說出最小限度的事實。

「羅倫斯先生說他雖然拿不出證據來，但當然知道肉乾被吃了……」

我已經盡了最大努力。

赫蘿小姐一直注視著我，並斟酌我的話語，最後發出「哼」的一聲別過臉去。

「真是的。那傢伙真是一隻大笨驢。」

然後，赫蘿小姐用力地嘆了口氣。

「那傢伙一點兒都不明白咱為何要偷吃。」

「……咦？」

「唔？該不會連汝也以為咱純粹是在偷吃唄？」

赫蘿小姐擁有一對能夠辨識任何聲音的驚人耳朵。

我根本沒有機會找藉口，所以乖乖點了點頭，然後一邊縮起脖子，一邊看向赫蘿小姐。

「真是的。說到汝等這些雄性……」

赫蘿小姐皺起眉頭，露出在忍受頭痛的表情，然後往前一倒。

雖然我忍不住擔心起赫蘿小姐會不會掉下床，但這當然只是我在杞人憂天而已。赫蘿小姐身手矯健地用手頂住地面後，伸手拿起推向角落的酒杯，跟著一鼓作氣地抬起上半身。

「咱當然知道那傢伙會怎麼說。那傢伙會說偷吃是一種浪費的行為，到了緊要關頭時可能會很傷腦筋，是唄？」

因為赫蘿小姐說的完全正確，我不禁表現得像自己在挨罵似地點了點頭。

「咱當然也明白這些道理。可是，咱覺得沒必要每一件事情都要這樣把自己逼得緊緊的。咱又不是在食糧短缺時吃了肉乾，那點肉乾的數量根本微不足道。」

赫蘿小姐說的話確實也有道理。

羅倫斯先生的未雨綢繆心態非常重要，但如果一直抱著這般心態，會讓人喘不過氣來。

在村落裡，我們也會說一個優秀獵人必須隨時能夠繃緊神經，但到了晚上，就要能夠確實入睡，才算是優秀獵人。

而教會也會教導我們，走火入魔的苦行不會帶來任何好處。

「咱希望那隻大笨驢能夠多放鬆心情一些。剛認識咱的時候，那隻大笨驢貪心到只要看見有東西掉在地上，哪怕是一根釘子也不放過。那傢伙連飯也沒有好好吃，只知道把一切用在賺錢上，甚至也不重視自己的性命。一直這樣下去，早晚有一天會累壞自己，然後犯下天大的失誤。」

赫蘿小姐一股腦兒說完話後，喝了一大口酒。

明明是喝著最愛的酒，赫蘿小姐一個人喝酒時卻看不出很好喝的樣子。

「人類的一生短暫。該享樂時卻不知道享樂的傢伙，最後只會皺著眉頭死去。」

然後，赫蘿小姐嘀咕說了句「真是的」，苦著臉把酒喝掉。

我有些感到佩服地注視著赫蘿小姐。

不，我是真的感到佩服。

赫蘿小姐走過了漫長的歲月。一路來，她肯定陪伴過無數人走向人生盡頭。

這些人當中，未雨綢繆、如履薄冰的人，肯定不是很長壽。若真是如此，這個人肯定還來不及使用到、也來不及享受到一生累積下來的財富，就會先死去。

的確，每次赫蘿小姐像倒水一樣大口喝酒，或吃東西吃到肚子撐得走不動時，羅倫斯先生的表情就會很不好看。不過，最後羅倫斯先生還是會陪著赫蘿小姐盡情享樂。那態度就像在說「沒辦法了，既然已經到了這地步，不好好享樂就虧大了」。

赫蘿小姐絕非為所欲為地在行動，而是為了矯正羅倫斯先生過度死板的生活態度才這麼做。

我為自己沒有察覺到赫蘿小姐的心意而反省了一下。

「不過，就算當面對那傢伙說這些話也沒用唄。因為那傢伙覺得自己很聰明。不對，那傢伙一定會堅持說自己的想法才是正確的，然後說咱是錯的。所以，咱才會暫時裝成大笨驢的樣子，好讓那傢伙儘管是心不甘情不願，也能夠放鬆緊張情緒。咱這隻賢狼赫蘿都如此犧牲了，那隻大笨驢還不懂……」

赫蘿小姐一副忿忿不平的模樣說道，然後大口喝下酒。

我心想「怎麼覺得好像聽過類似這樣的主張」時，赫蘿小姐打了一聲大嗝，並同時這麼說：

「要不是跟咱一起旅行，真不知道那隻大笨驢會變成什麼狀況。」

隔天早上醒來後，我發現赫蘿小姐已經起床。

赫蘿小姐打開了旅館的木窗，並且把昨晚吃剩的麵包屑放在窗框上，吸引小鳥聚集過來。

赫蘿小姐的真實模樣，是一隻甚至能夠一口吞下牛的巨狼，當她生起氣來時，就算是保持人類模樣也顯得氣勢十足。明明如此，赫蘿小姐在窗框上托腮看著小鳥啄麵包屑的身影，卻顯得十分溫柔。

而且，我知道赫蘿小姐其實是很溫柔的人。她會為我設想很多事情，有時候遇到難以啟口的事情時，也會替我向羅倫斯先生開口。

雖然赫蘿小姐也會壞心眼地對我惡作劇，但她總會表現出打從心底感到開心的模樣，所以一定不覺得自己是在惡作劇吧。對於羅倫斯先生的態度也一樣，赫蘿小姐並非老是在捉弄他。

我在床上坐起身子，然後看向在隔壁床熟睡著的羅倫斯先生。羅倫斯先生明明還在睡覺，瀏海卻沒亂掉。至於瀏海沒有亂掉的原因，相信在窗框上托著腮的赫蘿小姐一定知道。

「怎麼？寇爾小鬼，汝先醒了啊？」

發現我起床後，赫蘿小姐帶點睡意地說道。

原本啄著麵包屑的小鳥們，似乎在這時才總算察覺到赫蘿小姐就在旁邊。小鳥們發出短短一聲高亢叫聲後，飛了出去。

赫蘿小姐悠哉地目送無情的小鳥們飛去，然後一副感到疲憊的模樣從椅子上站起來。

「好了……把大笨驢叫起來吃早餐唄。」

赫蘿小姐輕輕扭動脖子發出喀喀聲響，最後嘆了口氣。

儘管面無表情，赫蘿小姐卻顯得有些開心的樣子。我想應該是要叫羅倫斯先生起床，讓赫蘿小姐覺得很開心吧。

我假裝沒看見赫蘿小姐不停在甩動尾巴，然後從水壺倒出冰涼的水來喝。

沒多久後，羅倫斯先生從床上嚇醒，而赫蘿小姐則哈哈大笑不停。

「邪麼？」

聽到羅倫斯先生走進房間以後所說的話，赫蘿小姐隨即這麼反問。此刻距離中午時刻還有一段時間。

赫蘿小姐講話之所以怪腔怪調的，是因為嘴裡叼著肉乾。

昨天才因為偷吃肉乾而吵架，赫蘿小姐卻一副完全不覺得自己有錯的模樣。

不過，羅倫斯先生也很懂得怎麼應付赫蘿小姐。因為赫蘿小姐嘴裡叼著的肉乾，是她自己找機會保留給自己吃的肉乾。

看見赫蘿小姐發出沙沙聲響拿出肉乾時，我不禁感到驚訝。隨即赫蘿小姐嘻嘻笑著告訴了我這件事。

赫蘿小姐的打算，似乎是想等到羅倫斯先生發現她在吃肉乾而出聲警告時，就以很跩的態度反駁羅倫斯先生。

結果羅倫斯先生沒有中計，所以赫蘿小姐不甘心地扭動著尾巴。

「我昨天在樓下偶然遇到認識的商人，對方說希望我能幫他忙。」

「那，汝去幫忙不就好了？」

說罷，赫蘿小姐繼續做起每天必做的梳理尾巴動作。

赫蘿小姐每天都會梳理尾巴好幾次，所以尾巴梳理得真的很漂亮。

不過，赫蘿小姐就像故事裡會出現的公主一樣，表現出超乎邏輯的不合作態度。

「反正妳閒著也是閒著，不是嗎？」

赫蘿小姐一邊的尖耳朵直直豎了起來。這般舉動就像在說「汝再說一遍試試看」一樣，但羅倫斯先生只是聳了聳肩而已。

「那個……我幫不上忙嗎？」

我沒有什麼事情要忙，而且一直受到兩人的照顧，所以抱著只要自己幫得上忙，就想要幫忙的想法。

即使是勞力活也無所謂，而且如果是單調乏味的工作，我更能夠勝任。

「嗯？喔，如果寇爾願意幫忙也可以啊。那就拜託你了。」

「好的！」

因為很少有機會幫得上忙，我幹勁十足地站了起來。

看見羅倫斯先生在招手後，我披上外套跑到門口。

「要幫什麼忙呢？」

聽到我的詢問後，羅倫斯先生態度輕鬆地說：「沒什麼。」

「只是要數金幣的數量而已。雖然數量有點多，但你對數字的概念應該很強，所以沒什麼好擔心的。」

我知道羅倫斯先生是刻意誇我，但這樣為我著想，讓我有種難為情的感覺。遇到羅倫斯先生兩人之前，我不是被人當傻瓜看待或被騙，就是兩者都有份。

「我會努力的！」

「哈哈！不用這麼拚命沒關係啦。」

說著，羅倫斯先生準備帶著我走出去時，忽然停下了腳步。

「所以呢？」

羅倫斯先生拋出了這幾個字。

他臉上的表情顯得有些開心。

我回頭一看，發現剛剛還叼著肉乾在梳理尾巴的赫蘿小姐，正忙著從行李中拉出長袍。

「我怕汝會寂寞，所以可以勉強陪汝去。」

我和羅倫斯先生互看一眼後，輕輕笑了出來。

赫蘿小姐當然不可能錯過我的反應，所以在走廊上時踩了我一腳。

最後，我們三人一起離開旅館，並準備前往那位商人投宿的旅館。

外面的天氣十分晴朗，感覺很暖和。

路上的人很多也很熱鬧，再加上是接近中午的時刻，所以大家都顯得精神奕奕。

人潮之間可看見攤販和商店，赫蘿小姐表現出一副深感興趣的模樣，要不是羅倫斯先生牽住她的手，肯定會和我們走散。如果把這般想法說出來，肯定又會被赫蘿小姐欺負，所以我當然絕口不提。不過，赫蘿小姐看起來總是非常開心呢。

「那，汝說要幫什麼忙？」

「我一位商人朋友說希望我幫他算錢。」

比起對我，羅倫斯先生對赫蘿小姐的說明更加籠統，但赫蘿小姐似乎聽到這些說明就足夠了。她只發出「嗯」的一聲點了點頭，然後隔著長袍搔了搔耳根。

「那個人怎麼會拜託汝這種事情？」

「好像是因為他在這城鎮沒有配合往來的兌換商。他說做完了一趟生意，雖然收益不錯，但對這一帶的貨幣一點也不熟悉。所以希望在拿去兌換商那裡換錢之前，要我先告訴他貨幣的分類方法，還有大概的匯率。他的這種用心態度值得我們學習。」

赫蘿小姐以不知道有沒有認真在聆聽的態度，聽著羅倫斯先生的說明。

雖然我不大了解做生意的事情，但還知道貨幣有多到數不清的種類，所以兌換起來很複雜。我在學問之都雅肯上課時，有個人能夠靠著咬貨幣的動作來分辨銅幣種類。那人說過他以前曾經受騙，拿到了利用生鏽的鐵做出來的假貨幣。他告訴我說：「用咬的可以分辨出鐵的味道，所以你也要學會比較好。」

我把這件事告訴羅倫斯先生後，羅倫斯先生大笑了起來。

「真懷念啊。以前師父也經常用這種伎倆對我的零用錢動手腳。」

雖然我不禁感到訝異，羅倫斯先生卻顯得很開心。

就連師父和徒弟之間也會這樣互相欺騙，商人實在是一種非常驚人的職業。

不過，赫蘿小姐一邊打呵欠，一邊聆聽到最後，這麼說：

「所以汝個性才會這麼彆扭啊。」

「我比較喜歡聽到用個性謹慎來形容。」

「哈！」

赫蘿小姐瞧不起人時都會這樣笑，老實說，我很喜歡這樣的笑法。

因為赫蘿小姐那笑容感覺很壞心眼，卻又很美。

雖然羅倫斯先生的表情有些僵硬，但他應該知道如果反駁，就會沒事給自己找麻煩。

羅倫斯先生乖乖地把話吞了回去，然後往前跨出步伐。

避免爭執的方法就是徹底保持沉默。

我覺得這樣的羅倫斯先生也很帥氣。不過，赫蘿小姐會給予嚴厲批評，說羅倫斯先生是膽小的大笨驢就是了。

「勞駕！勞駕！很高興見到你們來，還帶了這麼可愛的徒弟。」

來到旅館後，一位長得完全像個商人、身材結實的老爺爺出來迎接我們。

老爺爺戴著一頂我沒看過的帽子，一問之下，才知道是來自遙遠東方的帽子。聽說遠東地區的環境相當嚴酷，那裡一整年都很乾燥，氣候不是很冷就是很熱。

的確，這位老爺爺看起來雖然很溫柔，但感覺生起氣來會很嚇人。老爺爺散發出在我們村落也經常感覺得到的氣氛。

「這兩位是赫蘿和寇爾，我們因為一些奇妙的因緣際會而一起旅行。」

「咱是赫蘿。」

「我是托特・寇爾。」

我和赫蘿小姐做完自我介紹後，老爺爺發出「嗯、嗯」的聲音，並笑容滿面地點了點頭。我心想，說不定老爺爺有跟我們差不多大的孫子。

「唉呀！真不好意思要你們特地跑一趟。畢竟我隔了二十年之久，才第一次來到遠地做生意，有太多我不知道的貨幣，所以我根本搞不清楚。那也就算了，沒想到這裡的兌換商是一群會以手續費的名義，硬是拿走一半貨幣的傢伙。真是片刻不得掉以輕心啊。」

老爺爺憤慨不已地說道。我以前也曾吃過兌換商的虧，所以很能夠了解老爺爺的心情。不過，我聽到赫蘿小姐詢問羅倫斯先生說：「有一次在城鎮遇到的那傢伙也是這麼壞心眼嗎？」羅倫斯先生思考了一會兒後，回答說：「那個兌換商也是個壞人。」

被談論到的人，應該是赫蘿小姐與羅倫斯先生一路旅行下來遇到的城鎮兌換商吧。感覺上，羅倫斯先生對這世界檯面上和檯面下的事情都無所不知，會被這樣的羅倫斯先生形容是壞人的兌換商，真想像不出到底有多壞。

可是，赫蘿小姐的表情看起來怎麼好像有點開心的樣子呢？會不會是抱著像騎士一樣的心態，覺得敵人越強悍就越有鬥志呢？

世上還有很多事情是我不了解的。

「那麼，可以馬上請你們幫忙嗎？老實說，我明天就必須結掉同伴們的匯兌。真是的，我年紀都一大把了，還有一大堆傢伙硬是把有的沒的工作塞給我。就是這樣，我才會不想出來旅行。」

「這表示大家都很依賴您啊。那就開始吧。」

「那就請到這邊的房間來……」

就這樣，我們被帶到了老爺爺投宿的房間。

「唔！」

「哇！」

「……」

進到房間的那一剎那，我們不禁啞口無言。

雖然那間房間和我們投宿的房間差不多大，但塞滿了東西。其中包括捲起的布料、用繩子綁住的皮草，還有袋口被封起來而且塞得鼓鼓的麻袋。從掉落在地上的東西看起來，麻袋裡應該是裝了豆類。另外還有好幾只木箱，雖然其內容物露出木箱外，但看不出是什麼東西。憑我的知識，根本猜不出老爺爺到底是在做什麼生意的商人。

不過，讓我們大吃一驚的並不是這些東西，而是看似硬塞進屋內的大書桌上，有著堆積如山的大量貨幣。

「嘻嘻嘻，如何？嚇到了吧？」

老爺爺大幅度地晃動著肩膀，並發出賊兮兮的笑聲。

雖然老爺爺的表現簡直就像個愛惡作劇的小伙子，但那看似得意的笑臉，訴說著他是一個慾望強烈且手段高明的商人。

雖然羅倫斯先生也倒抽了口氣，但當我抬頭仰望其側臉時，羅倫斯先生已經冷靜地大略看過書桌上的貨幣在計算數量。雅肯有無數熱中於思索的人，而羅倫斯先生有時會露出在雅肯見到的那些優秀人們一樣的側臉。

有一句名言說，就算有辦法掩飾表情，也無法掩飾側臉。

雖然赫蘿小姐經常捉弄或瞧不起羅倫斯先生，但我覺得羅倫斯先生是一位非常優秀的商人。

「這堆東西裡面真是混了各種地方的貨幣……而且，還參雜了舊貨幣。」

「是啊。就是這樣才教人傷腦筋。和我一起來到這裡的同伴，是一個跟你差不多年紀的商人。那傢伙經常當商行的跑腿，所以很擅長於帳簿上的交易，但一點用處都沒有。你不覺得還是要自己承受風險，才稱得上是商人嗎？」

老爺爺露出笑容說道，凌亂不齊且有幾顆已經變色泛黃的牙齒一顆接一顆地露了出來。

人們隨著歲數增長，會慢慢變成像石塊一樣；在村落時，長輩會這麼教導我們。

所以，我們必須有技巧且謹慎地增長歲數，讓自己有一天真的變成石塊而永遠曝晒在外時，不會感到丟臉。

這位老爺爺就算現在立刻變成石塊，肯定也會是一顆甚至讓路人感到佩服、外表完全像個商人的石塊。

「還有這些種類齊全的貨品……您是把哪家運氣不好的商行倉庫整個買下來了嗎？」

「咦？」

現場只有我一人感到驚訝。看見在場所有人的目光全集中到我身上，我知道自己已經臉紅了起來。

「呵呵。差不多是這麼回事。這個國家換了三次國王的期間，我可不是玩票性質地在做生意。所以，現在算是在回收到處借給人家的人情。」

我看見羅倫斯先生做出聳了聳肩的動作，所以猜得出這應該不是什麼很值得誇獎的事情。
不過，羅倫斯先生似乎感到佩服，老爺爺也顯得很得意的樣子。
看著他們這些商人的表現，我總會有種商人就像愛惡作劇的小孩子直接變成大人的感覺。
雖然我很羨慕他們這樣的感覺，但赫蘿小姐似乎不大喜歡。
就是在此刻，赫蘿小姐也一副感到無趣的模樣用指尖頂著收在劍鞘裡的劍柄。
「總之，我們會盡可能地提供協助。不過，現在看見有這麼多的種類，讓我變得有點沒信心……我需要有範本。赫蘿，抱歉，妳可以回旅館去拿裝了貨幣的袋子過來嗎？」
赫蘿小姐從雕工細膩的盾牌上抬起頭，然後先看向羅倫斯先生，再看向我。
赫蘿小姐的意思應該是，這種麻煩事情交給寇爾小鬼就好了。
可是……
「嗯。是那只汝每次都會拿出來比對的袋子嗎？」
赫蘿小姐以甚至令人感到驚訝的謙卑姿態這麼詢問。
「嗯。抱歉，拜託妳了。」
「嗯。」
赫蘿小姐輕輕點了點頭後，小跑步地離開了房間。
雖然我完全不知道是什麼緣故，但或許羅倫斯先生是認為不能把裝滿貨幣的貴重東西交給我也說不定。

雖然覺得難過，但我明白這是合理的想法。

「那，寇爾。」

這時，羅倫斯先生的聲音傳進耳中。

「這個、這個，還有……這個，這個，這幾個應該不會搞錯吧。你就負責挑出跟這幾種一樣的貨幣，然後十枚一疊地排在一起。」

「好的！」

我回答後，開始著手工作。

擺在書桌上的貨幣已經大致分出了銅幣、銀幣以及金幣，所以我們先從貴重的金幣和銀幣開始分類。

不管是金幣還是銀幣，都有好幾種形狀類似的貨幣，也有不少依年代不同，形狀有些微差異的貨幣，或是參雜物含有量有所不同的貨幣。雖然好像也可以用天平或裝了水的量具來嚴格分類，但若只靠人力，頂多只能夠大致分類而已。

老爺爺似乎也了解這方面的狀況，所以表示對於較精細的分類，願意付錢給羅倫斯先生。說穿了，羅倫斯先生的立場將變成老爺爺的手下。不過，羅倫斯先生只是露出苦笑，並沒有表現出討厭的感覺。

我照著羅倫斯先生所說，只針對銀幣做分類。而且，我負責的淨是一些不會搞錯圖樣的銀幣，所以分類工作進行得十分順利。

金幣的部分，則是在羅倫斯先生的指導下，讓老爺爺也一起加入分類。

儘管歲數相差甚多，只要有不懂的地方，還是必須乖乖遵照他人的指導，並表示敬意。

雖然在雅肯時，博士們會這麼教導我們，但我實在不認為他們實際上能夠做到這點。

所以，我一直認為這是不可能的事情，沒想到事實並非如此。

商人們雖然都很會扯謊，但也同樣地很誠實。

「嗯。金幣差不多是這樣吧。」

「是的。問題是銀幣。」

兩位熟練的商人聯手合作後，轉眼間就完成了金幣的分類。看見我驚訝地瞪大眼睛，兩位商人一起來到我身旁，然後一屁股坐了下來。

「喲？速度挺快的喔。不用太著急沒關係，這種工作最重要的就是不能出錯。」

「沒錯。而且，就算急忙做完分類，數量也不可能增加。不過，收進荷包裡時動作就要快一些，否則只會一直變少。」

說罷，老爺爺咯咯笑個不停。

老爺爺的精力十足，感覺上就是再活上好幾百年都沒問題。

「那麼，請多留意一下這個圖案和這個圖案。這個是假的，這個是不同教區的貨幣。」

「嗯喔。最近的權力人士所做的事，和以前沒什麼兩樣啊。」

「算是吧。」

老爺爺動作誇張地聳了聳肩，然後嘆了口氣。

在這之後，我們開始做起銀幣的分類，但我忽然想起赫蘿小姐。赫蘿小姐怎麼那麼久還沒回來呢？

雖說這裡是城裡，但如果掉以輕心，還是會有很多企圖偷東西的卑劣傢伙。

雖然說機靈的赫蘿小姐不可能遇到搶劫而被搶走東西，但還是讓人有些擔心。

不過，羅倫斯先生似乎沒有很在意的樣子。在過了一會兒後，赫蘿小姐終於回來了。

「辛苦妳啦。」

羅倫斯先生一邊挑選銀幣做分類，一邊說出慰勞話語後，赫蘿小姐輕輕點了點頭。

感覺上，兩人好像是師父和乖巧徒弟的關係。

我露出像是看見奇景似的表情，注視著戴著兜帽、表現柔順的赫蘿小姐。

「那，妳把裡面的東西排在這裡。」

「……」

赫蘿小姐輕輕點了點頭，然後走近桌子。羅倫斯先生指示的位置旁邊，整齊排列著一整排十枚堆成一疊的銀幣。如果是平時的赫蘿小姐，應該會露出壞心眼的表情一邊大笑，一邊甩動尾巴把疊好的銀幣推倒，但這時她當然沒有這麼做。

取而代之地，赫蘿小姐動作笨重地從長袍內取出羅倫斯先生託她帶來的東西，並將之放在桌子上。

在那一瞬間，我不禁懷疑自己是不是看花了眼。

赫蘿小姐拿出了我一直帶在身邊的破布袋。

「別跟其他貨幣混在一起喔。」

羅倫斯先生以輕率口吻說道，然後輕輕笑笑。老爺爺也一副像是看著可愛孫女的慈祥模樣，瞇起眼睛笑著。老爺爺之所以向羅倫斯先生使了一下眼色，或許是在表達羨慕之意也說不定。赫蘿小姐沒有理會羅倫斯先生兩人的反應，並準備解開我的破布袋。我的破布袋是先用繩子綁住袋口，再用多出來的繩子和固定在袋子底部的另一條繩子綁在一起，以形成一個大圓圈，可以用來掛在肩膀上。

赫蘿小姐此刻正準備解開袋子底部，而放在桌面上的部位是袋口。

雖然我知道赫蘿小姐不可能在這種基本地方犯錯，但還是有些擔心而準備搭腔。

這時，羅倫斯先生向我搭腔說：

「啊！你那銀幣搞錯了喔。」

「咦？啊！」

我發現自己正準備把刻有百合圖案的銀幣，擺到刻有百合和月亮圖案的位置。

我急忙看向自己手邊，並確認有沒有犯下相同錯誤。

「你一東張西望就會搞錯。」

被羅倫斯先生提醒後，儘管察覺到坐在對面的老爺爺目光，我也不敢看向他，並低著頭重新開始作業。

與其擔心別人，不如先擔心自己。如果在這裡犯錯，會給羅倫斯先生帶來困擾。而且，憑我的資歷要擔心赫蘿小姐，再等上一百年都不夠。

我這麼想著，下一秒鐘——

「啊！喂！赫蘿！」

「嗯、唔？」

羅倫斯先生慌張地從椅子上站起來，並準備朝向赫蘿小姐伸出手的瞬間，赫蘿小姐手邊的破布袋繩子解了開來，接下來的一切便順其自然地發生了。

繩子從赫蘿小姐手中輕快地滑過，原本被輕輕舉高的袋中物失去支撐，而重重掉落在桌上。

然後，如同裝了水的皮袋掉在地上時會發生的狀況一樣，袋中物因為無法完全承受衝擊力，而尋求出口地衝向袋口。

破布袋只能夠稍微綁住袋口而已。

袋中的沉重銀幣輕而易舉地突破脆弱的堤防，朝向新天地飛了出來。

一切只發生在一瞬間。

當我回過神來時，已看見赫蘿小姐手上拿著空的破布袋，面對著撒了出來的袋中物陷入恍惚狀態。

「啊～妳在幹什麼？妳是笨蛋啊！」

羅倫斯先生怒斥著赫蘿小姐。

赫蘿小姐在兜帽底下的表情變得僵硬，情緒就快爆發出來。

我條件反射性地縮起身子，卻沒聽見赫蘿小姐大罵「大笨驢！」的聲音。取而代之地，赫蘿小姐像個害怕的小孩一樣看著羅倫斯先生，然後慌張地打算從疊在桌面上的銀幣堆裡，撈出不小心撒在桌上的銀幣。

然而，想要從混著鐵粉的沙堆裡挑出鐵粉，必須有工具才行。更何況赫蘿小姐撒出來的銀幣當中，有好幾枚的圖案與排列在桌上的銀幣相同。

以結論來說，赫蘿小姐的動作只是在攪亂銀幣，並且只會讓事態更加惡化。

羅倫斯先生在開口斥罵赫蘿小姐前，已經先抓住赫蘿小姐的肩膀把她扯向後方。尷尬的沉默氣氛降臨房間。

我緊張得都忘了呼吸，一直等待著有沒有人先開口說話。

咳！老爺爺咳了一聲。

「我不會生氣的。相對地，可以讓我來決定桌上有多少枚銀幣嗎？別看我這樣子，我這裡還很清楚。」

老爺爺一邊說道，一邊指著自己的頭。

雖然我知道商人說的話絕對不能照單全收，但老爺爺看起來確實不像在生氣的樣子。每次放上一疊銀幣時，老爺爺肯定都會數一下數量吧。

羅倫斯先生原本似乎打算對赫蘿小姐說些什麼，但最後還是閉上了嘴巴，然後朝向老爺爺點了點頭說：

「很抱歉。您就是說我打算趁亂蒙騙數量，我也找不到藉口開脫。」

「哈哈。我自己報出放在那位置的數量，也是一樣的道理。」

你有證據說我偷吃肉乾嗎？

在旅館時赫蘿小姐這麼說過。

這世上根本沒有什麼確切的證據。

「拉德翁主教領土銀幣三十二枚、密茲弗格大聖堂銀幣五十五枚、堂德連大公就位銀幣四十一枚，還有崔尼銀幣八十五枚。」

老爺爺以流利的說話速度下了如此斷言，最後露出有些睡意的眼神看向羅倫斯先生。

「我記得的數量也是這樣。」

羅倫斯先生回答後，老爺爺露出微笑，然後看向赫蘿說：

「就是這麼回事。妳不用太在意，只要把剛剛說的數量挑出來就好。就算犯了錯，只要能夠矯正錯誤，連神明也會寬恕我們。」

最後這句話是一句聖經名言。

赫蘿小姐點了點頭，然後從羅倫斯先生身後走出來，並走近桌子伸出了手。羅倫斯先生沉默地指示範本銀幣，並幫忙分類。鏗鏘、鏗鏘，銀幣特有的聲音就像愛哭小孩的哭聲般不停響起。

老爺爺一臉滿足地望著赫蘿小姐與羅倫斯先生的工作模樣。

然後，老爺爺忽然看向我，並加深笑意這麼說：

「小伙子，你師父剛剛跟你說了什麼啊？」

我聽了後，急忙回到手邊的工作。

被赫蘿小姐混在一起的銀幣分類作業，以及由我和老爺爺針對其他銀幣的分類作業，幾乎在同時完成。

「嗯，了不起。」

看著整齊排列在桌上的一列列貨幣，老爺爺得意地說道。

「願主榮光高照！」

在這之後，羅倫斯先生靠著範本貨幣，分出更細密的類別，然後只挑出被認為特別難處理的貨幣。羅倫斯先生說告訴老爺爺說：「能夠立即分辨出來的頂多是這些種類，再來就要請您去找兌換商或使用天秤來鑑定了。」

老爺爺似乎光是得到這樣的答案就感到滿足，所以面帶笑容地點了點頭。

後來，在羅倫斯先生準備從旅館告辭離去時，老爺爺遞給了羅倫斯先生一只小皮袋。

「謝謝你們幫了我大忙。」

老爺爺露出慈祥的笑容，用雙手捧住羅倫斯先生接過皮袋的手，並用力握緊。「如果又有什麼事情需要幫忙，請隨時吩咐。」羅倫斯先生以笑臉做出回應後，向老爺爺告別。

我還以為羅倫斯先生會和老爺爺一起用餐，但狀況似乎不是這樣，讓人搞不大懂兩人的關係是好是壞。我決定要自己記住商人之間的往來或許就是這樣的關係。

而且，比起這種事情，我更在意其他事情。

其中之一是，為什麼赫蘿小姐會把我的破布袋帶來？

另一件事情是，為什麼赫蘿小姐會犯下比我還少根筋的錯誤？

「真是的。」

我在思考著這些事情時，羅倫斯先生忽然開口說道。

我以為羅倫斯先生是因為識破我的心聲而這麼說，所以嚇了一跳，但後來發現羅倫斯先生是把老爺爺給的皮袋內容物倒在手掌心上後，才這麼說。

「不愧是傳說中的吝嗇老頭。要求人家做到兌換商水準的工作，卻只給這麼一點酬勞。」

羅倫斯先生把三枚劣質的銀幣夾在指縫間，然後拿到太陽底下照。

雖然去老爺爺那裡之前，已經聽過師父連自己徒弟的零用錢也要騙的故事，但我還是不禁感到驚訝。

「這些錢拿來吃午餐都不夠。」

聽到羅倫斯先生這麼說後，我才總算想起自己還沒吃午餐。

「肚子餓了吧？就拿賺來的錢去買東西來吃吧。」

然後，羅倫斯先生這麼說。

我以為自己聽錯，但在下一秒鐘，原本一直默默走著的赫蘿小姐咯咯笑了出來。

「那，到底賺了多少錢啊？」

看見赫蘿小姐的反應後，羅倫斯先生沒有露出懷疑的表情。

赫蘿小姐依舊在兜帽底下沒出聲地笑著。

這到底是怎麼回事啊？我這麼想著時，赫蘿小姐把裝了銀幣的破布袋塞給了羅倫斯先生。

「不清楚。咱又不是商人，不可能連銀幣的價格都知道。」

聽到赫蘿小姐的話語後，我腦中出現了一個想法。

雖然老爺爺那時記得有多少枚銀幣，但赫蘿小姐會不會是趁亂多收了幾枚銀幣進袋子裡？我心想「這麼做不等於是小偷的行為嗎？」而下一秒鐘，赫蘿小姐便轉向我，咧嘴露出得意的笑容，並牽起我的手。

「妳大概換了多少枚？」

羅倫斯先生沒有理會站在我身旁笑嘻嘻的赫蘿小姐，然後謹慎地打開破布袋的袋口，一邊探頭看向袋中，一邊說道。

我的腦袋裡充滿了問號。交換銀幣？

「長劍圖案的銀幣有十枚左右。咱沒有換百合圖案的銀幣。至於汝最喜歡的崔尼銀幣，咱換了三十枚左右。」

「嗯～……雖然也要看是什麼年代的貨幣，但如果是這樣，應該可以賺到不少。」

「呵。那隻大笨驢拚命地在數有多少枚，眼睛就像上了油一樣亮得很。難道汝老了後也會變成那樣嗎？」

聽到赫蘿小姐的最後一句話時，羅倫斯先生露出感到厭煩的表情。

赫蘿小姐哈哈大笑後，看向我說：

「對了，寇爾小鬼，咱拿了汝的破布袋來用。布袋裡的物品都安然地放在旅館裡，這方面汝不用擔心。」

我雖然點了點頭，但還是搞不懂狀況。

明明沒有偷銀幣，卻只要交換銀幣就能夠賺到錢？

「不過，真不愧是賢狼啊，妳是在什麼時間點發現的？」

羅倫斯先生綁住破布袋的袋口，然後向赫蘿小姐搭腔說道。

「唔？這還用說嗎？當然是在汝回到房間後，沒有先指使寇爾小鬼，而是先向我搭腔的那一刻開始。」

我真是越聽越模糊了。

羅倫斯先生也露出感到懷疑的目光看向赫蘿小姐。

「就相信妳說的話吧。」

「大笨驢。不過，汝的演技也相當爐火純青了。寇爾小鬼看見破布袋而露出訝異表情時，咱也在想可能有點危險。」

「唔！」

赫蘿小姐是在說我被羅倫斯先生提醒的時候。

「我也是嚇了一跳。我以為妳會用更安全的方法。」

「不過，咱的方法很完美唄？」

「當然。不過，以我個人來說，如果妳每次都能夠表現得那麼謙卑又柔弱，對我會有很大的幫助。」

赫蘿小姐掛著笑臉，輕輕露出尖牙。

不過，赫蘿小姐立刻收回尖牙，然後看似開心地縮起脖子。

只有我一人什麼都不懂。

我像個稻草人一樣呆住時，或許是察覺到了我的反應，羅倫斯先生開口說：「啊，抱歉抱歉。」然後告訴我說：

「赫蘿能夠靠銀幣的聲音分辨出好壞。」

「咦？」

「就像能夠靠味道分辨出是鐵或銅的道理一樣，聽聲音也能夠分辨出來。即使是相同圖案的貨幣，也可能因為發行年份不同，造成銀的含量不同。很明顯地，那個吝嗇老頭想要不支付酬勞就要人家幫忙，所以我們就把品質較差的貨幣換成優質貨幣，藉由這樣的方式來索取酬勞。」

赫蘿小姐撒下銀幣時的聲音，以及慌張地想要挑出銀幣時貨幣互相碰撞的聲音，在我腦海裡重新響起。

「這隻大笨驢不可能沒事拜託咱去做麻煩的事情，所以咱心想背後一定有什麼目的。這時再看見桌上那堆貨幣，當然很快就猜出這隻大笨驢有什麼企圖。」

至少在我所知道的範圍內，兩人在實行計畫前，並沒有開口討論過方法。如果開口做過討論，肯定會傳進我耳中，而且膽小如我如果知情了，肯定無法保持平靜。

赫蘿小姐用左手牽起我的手，再用右手牽起羅倫斯先生的手。

羅倫斯先生也露出顯得滿足的笑容，兩人可說是默契十足。

「咱們一路走下來，也不是玩票性質地在旅行，是唄？」

赫蘿小姐抬頭看向羅倫斯先生這麼說。羅倫斯先生低頭看著赫蘿小姐，露出了像是在挖苦人的笑，並微微傾著頭。

「當然了，也多虧有寇爾幫忙。」

目睹羅倫斯先生與赫蘿小姐兩人的堅定關係後，我不禁開始有種被排擠在外的感覺。這時羅倫斯先生便這麼對我說。

「嗯。因為寇爾小鬼很認真地在工作，所以那隻大笨驢才會掉以輕心。而且，只注意一隻對象跟注意兩隻對象的狀況大不同。這次都是因為寇爾小鬼先讓對方失去戒心，才可能成功。」

「畢竟人們會說徒弟是照出師父的一面鏡子。對方似乎把寇爾當成了我的徒弟，所以看見寇爾的表現後，肯定完全不覺得我會有什麼企圖吧。」

因為兩人都很溫柔，所以應該有一半是出自體貼才會說這些話。

不過，儘管只有一半，或者低於一半的成分，但還是有足以自傲的地方。

這樣的事實讓我感到開心不已，臉上也不由地浮現笑容。

看見我這樣的反應後，赫蘿小姐和羅倫斯先生都露出比方才更柔和的笑容。

兩人是非常好的人。他們擁有能夠信賴的對象，也擁有心靈相通的對象，還願意對我這種人做出貼心表現。要是教會裡有像他們這樣的人就好了。這樣我們村落或附近村落的人們，肯定能夠生活得更安心。

雖然腦中浮現這樣的想法，但我告訴自己比起感嘆這些事情，更應該慶幸自己能夠與他們這樣的人一起旅行。這麼改變想法後，我加快有些落後的腳步，與赫蘿小姐、羅倫斯先生三人並肩而行。

「好了，可以吃午餐了唄。」

「嗯。就在這附近隨便買個東西回去吧。我記得這附近有便宜的麵包店……」

羅倫斯先生拉著赫蘿小姐的手，準備從馬路上往小巷子走去時，赫蘿小姐停下了腳步，並拉住羅倫斯先生的手。

「唔？那邊有一家看起來不錯的食堂。去那家就好了啊。」

「那家店？那家不是在烤什麼雞肉和鴨肉的店嗎？大白天就傳出讓人垂涎三尺的香味，這種店不可能太便宜。吃麵包就夠了。」

羅倫斯先生準備再次踏出步伐，但被赫蘿小姐使力拉了回來。

「大笨驢。咱們不是賺了錢嗎？賺了錢不拿來用要做什麼？」

「當然是存下來啊。如果每次賺了錢就馬上花掉，那我到底要什麼時候才能夠鬆口氣啊？」

「笑死人了！老是像隻笨貓一樣露出悠哉表情在打瞌睡的人，還好意思這麼說。剛才賺的錢是多虧了咱才賺到的，所以咱說怎麼花錢就怎麼花！」

「那是我設法找來的工作耶。而且，妳根本不懂貨幣有什麼種類吧。我頂多只能分給妳一半。說到這一半，也不夠補妳偷吃、揩油的金額。」

「汝、汝竟然扯得這麼遠……汝這隻大笨驢真的是……」

「妳才要好好檢討一下，難道妳只知道要吃嗎？妳應該為了更長遠的事情做考量……」

在大馬路中央，兩人壓低音量開始你一句我一句。幸好路上的人潮洶湧，喧鬧聲更是驚人。到處可聽見工匠們的爭論聲，以及商人們像在吵架似的殺價聲。

經過的人們會露出有些好奇的表情看向羅倫斯先生兩人，但很快就失去興趣，並趕路而去。

我在遠離兩人的地方靜靜觀察著事態，並忍不住搖頭嘆息。

不過，我一邊望著兩人，一邊發愣地想著——

所謂感情要好，應該就是這麼回事吧。

兩人到最後似乎無法達到共識，互相別開了臉，赫蘿小姐以驚人的速度朝向我走來。

然後，拉著我的手走了出去。

「那、那個……羅倫斯先生呢？」

我詢問後，赫蘿小姐像個小女孩一樣鼓著臉這麼說：

「誰要理那隻大笨驢！」

被赫蘿小姐拉著走到一半時，我回過頭看向羅倫斯先生。

羅倫斯先生看向這方，並動著嘴巴以嘴形這麼說：

我才懶得理妳！

不過，照這樣子看來，兩人應該會在吃晚飯前和好吧。

如同憑聲音可以聽出貨幣好壞一樣，我多少也能夠從兩人說話的調調聽出狀況好壞。

在走入城鎮喧囂之中時，我偷偷這麼想著。

完

狼與白色道路

差不多在十二、十三歲時離開貧窮偏僻的故鄉後，就以徒弟身分跟著師父行動。

在那之後，就一直以商人身分持續過著旅行生活。

雖然和師父兩人之旅的時間比較長，但偶爾也會遇到一起旅行的人們。

有時會一起旅行兩、三天後暫時別離，等到過了一星期後又忽然會合，有時會一起旅行一、兩個月，等到開始熟知對方的驚濤駭浪旅行生活時，卻在沒能盡興的狀況下別離。

這般經歷在旅行生活中很平常，而在城鎮生活時絕對無法體驗到的稀奇事情，也當然可能發生。就連在城鎮裡必須向對方行跪拜禮的高貴人士，在旅途上相遇時，地位也會變得平等，並成為一起取暖共度一晚的同伴。

因為這樣，所以一輩子在同一座城鎮生活的人，總會以異樣眼光看待過著旅行生活的人，而他們會有這般心情，也不是難以理解的事情。尤其是在所有居民都是從出生時就彼此認識的偏僻村落，村民們對於旅人的反應特別強烈。

有時候村民們會揮舞長度快要超出身高的大鐮刀，像在追趕盜賊似地追趕旅人。不過，多數人都會以友善態度迎接旅人。尤其是在村落裡地位崇高的人如果是一個好奇心旺盛的人，態度更是友善。

老實說，令人感到困擾的，就是被這種人逮住的時候。

一個長時間過著旅行生活的老經驗旅人，在某晚投宿的旅館遇到資歷尚淺的旅人時，會分享有趣的故事。

每次故事的開始，主角總會受到如迎接國王般的典型歡迎方式。

「哎呀呀呀！」

某天羅倫斯來到路過的村落想要討一些水，於是他向在附近田裡工作的人搭腔後，得到了這樣的回應——

對方一看見羅倫斯出現，便驚訝得像是看見出征後就音訊全無的兒子回來了一樣，立刻露出滿臉笑容，用沾滿泥巴的手抓住羅倫斯的手。

那是一名年紀頗大的男子，臉曬得黝黑發亮，笑起來就像用泥巴捏成的人偶。而且，男子的眼神如小孩子般閃閃發光。

受歡迎當然是令人高興的事情，但過去的經驗告訴羅倫斯有可能會難以脫身。

「那個……我想要分一點水……」

「不急、不急。」男子以笑臉輕鬆閃過羅倫斯的詢問。

然後，男子以強大的力道打算把羅倫斯拉進家中。

羅倫斯事後才得知男子是這座村落的村長，如果被這種人倒出酒來款待，就別想離開了。

這種人會反覆勸酒直到訪客喝下酒為止，然後用打破沙鍋問到底的氣勢，不停詢問旅行的話題，就算訪客已經筋疲力盡了，還是會被搖起來，並要求繼續說下去。

其態度就像在說「只要聽到旅行的話題，自己就能夠變成一隻擁有翅膀的小鳥飛出去旅行」一樣。

每次在旅途上遇到這種人時，羅倫斯總會說出當地的領主名字，然後假裝是領主的御用商人，以便順利逃過對方的糾纏。但是，羅倫斯今天沒有這麼做。正確來說，應該是羅倫斯沒辦法這麼做。

理應在馬車上等待的旅伴，不知不覺中已經站到了羅倫斯身邊。

「不可以喔。」

說著，旅伴像在責怪似地輕輕打了一下村長的手。

雖然羅倫斯不確定旅伴是不是真的在責怪，但打了村長的手後，旅伴以平常不會表現出來的極度認真表情，抓住羅倫斯沒有被村長拉住的手。

雖然這畫面很像生母和養母在互搶兒子的片段，但此刻其中一方是個男子。

旅伴雖是外表看起來很美麗的女孩，但羅倫斯不得不嘆息。

年長者總會語重心長地告訴羅倫斯，要小心戴著兜帽的女孩，如這些長輩所說，旅伴的兜帽底下確實藏了祕密。

這名女孩名為赫蘿，她只要張開嘴巴，就會看見有些過尖的雪白犬牙。

女孩因為奇妙的因緣際會而與羅倫斯一起旅行，但她的真實身分是一隻能夠輕鬆一口吞下人類的巨狼。

「這是咱的。」

然後，赫蘿這麼說。

如修女裝扮的兜帽底下，可看見如貴族般的美麗亞麻色長髮。

村長直直注視著赫蘿的臉，但赫蘿以帶有紅色、宛若寶石的琥珀色眼睛，極其嚴肅地與其對上了眼。

村長和赫蘿互搶著羅倫斯的手，兩人的手的粗細度和光滑度截然不同。

「還給咱好嗎？」

赫蘿微微傾著頭，顯得悲傷地說道。

這時，村長總算像是被解開了魔咒似地回過神來。

「啊！我真是太失禮了。」

村長急忙鬆開了手。

在四周田裡工作的村民們，一副不知道發生什麼事的模樣看了過來，在他們的眼裡，肯定會覺得開朗又純真的村長可能又做了什麼失禮的事情，所以被旅行修女責罵。

「謝謝。」

然而，赫蘿這麼說完後，以實在不符合修女作風的低俗動作，抱住了羅倫斯重獲自由的手。

以一個男人來說，羅倫斯並不討厭被這樣對待，但赫蘿會在人前做出這般舉動時，一定有所企圖。

與赫蘿初相遇時，羅倫斯會因為無法判定赫蘿是真心還是假意而心跳加速，但最近已經不會了。就是在兩人獨處的安靜旅館房間裡，羅倫斯也能夠冷靜地分辨出赫蘿是否出自真心。

羅倫斯輕輕嘆了口氣，因為他完全識破了赫蘿的意圖。

「對了，汝找這個人有什麼事嗎？咱們來此只是想要分一點水而已……是不是這傢伙有所冒犯？」

赫蘿話才說完，便刻意挺高身子，輕輕打了一下羅倫斯的頭說：「不可以喔。」

「這傢伙真是不受教。咱不知道叮嚀過多少遍，要這傢伙凡事都要抱著誠意去面對……」

雖不知道赫蘿去哪裡學來了這些教訓人的話語，但赫蘿以平常不會有的清澈聲音說得煞有其事。到了這年紀，還能夠聽到他人以柔和話語沉靜地責罵自己，讓羅倫斯感覺還不錯。但是，羅倫斯的心情也變得越來越沉重。

「不、不！不是這樣子的。真的不是！」

總算掌握到眼前這兩人的權力關係後，村長慌張地插嘴說道。

村長並非對著羅倫斯，而是以彷彿就快跪拜下來似的態度對著赫蘿做說明。

「我們是在這種鄉下村落生活的小村民，所以很希望能夠和兩位說說話。」

「唔？說說話？」

「是的！敝人雖不才，但是這座村落的村長，也負責幫助村民們增廣見聞。所以，很希望能夠聽聽旅人朋友們跟我們分享在外地見聞到的事情。」

如果說赫蘿是個說謊臉不紅心不驚的人，眼前這位村長就是看見有旅人經過村落旁，就會把對方帶進家裡，然後滿足自己好奇心的人。

羅倫斯沒見過態度如此謙卑，卻又如此厚臉皮的村長。

羅倫斯不用猜也知道村長平常都和哪些人說話。

無庸置疑地，應該都是一些像羅倫斯一樣想要抄近路的蠻橫商人們。

從對方的說話方式和用字遣詞，很容易就能夠知道對方受到哪種人的影響。

「嗯……咱們倆確實是旅人。咱們的旅途可遠了。咱們從南方來到這裡，並準備前往一切彷彿結凍了似的北方。當然了，旅途上咱們身陷生命燭光就快被吹熄的暴風雨之中時，因偉大光芒而獲救的經驗，已不是一、兩次的事情。」

赫蘿動作誇張地說道，還不忘比手畫腳地加上動作。

赫蘿肯定是把專門在城鎮聚集小孩子或好奇心旺盛的悠哉大人們，然後做表演的吟遊詩人那一招拿來現學現賣。赫蘿除了擁有足以被稱為賢狼的聰明頭腦之外，還擁有天不怕地不怕的膽量，所以做出這般舉動顯得出奇地合適，而這也是她最令人害怕的地方。

「喔～喔～該怎麼說呢……意思是說，兩位是被傳說中的生物，或是被粗獷英勇的騎士大人搭救嗎？」

「嗯？嗯，咱們確實也是有過屬於這一類的經驗……嗯……不過，說了汝可能也不會相信唄……」

「哇啊～～～～……」

雖然羅倫斯會一直提醒自己要成為一個正經的商人，但也不是從來沒有利用過他人的無知。尤其是在缺乏資訊的偏僻村落，這還算是常有的事情。但是，眼前的互動還是會羅倫斯滿臉通紅。只要是為了不算罪過的謊言，不管是多麼詼諧的一場戲，赫蘿都能夠做出完美演出。

「糟糕，說太多了。對了，汝啊，分到水了嗎？」

赫蘿在羅倫斯耳邊低聲說道，刻意表現出在說祕密的樣子。

赫蘿已經演到了這般地步，羅倫斯如果沒有配合演出，誰知道事後會遭到什麼樣的報復。如果是為了商談，羅倫斯對自己的演技非常有信心，但如果是商談以外的事情，羅倫斯覺得自己算是膽小又容易緊張的人。

羅倫斯靜靜地用力吸入一大口氣，讓腹部帶有力量。

「……還沒分到水。不過，動作得快一點……」

羅倫斯盡力思考後，擠出了這些話。這時，赫蘿看似有所不滿地瞪著羅倫斯。

羅倫斯一副彷彿在說「神啊！請赦免我的罪過」似的模樣，別開臉說：

「不只沒水，就連酒也許久未沾……」

在這瞬間，一道就是在睡夢中也會察覺到的熱烈視線，從羅倫斯別開臉的相反方向投來。投來視線的人不是別人，正是村長。村長的眼神幾乎就像一個看見被囚禁的公主，而試圖求愛的騎士。

「什麼？如果是這樣的狀況，兩位怎麼不早點說出來呢？」

赫蘿在兜帽底下藏著呈三角形尖起、威風凜凜的狼耳朵，村長的大嗓門讓她差點跳了起來。村長想必是為了在遼闊的田裡，確切發出指示讓村民們工作，而練出了大嗓門。憑赫蘿那麼敏銳的聽覺，肯定嚇了一大跳。

看得出來赫蘿在兜帽底下拚命地想要鎮靜下來。

看見這般模樣的赫蘿後，羅倫斯不禁心想「既然赫蘿都做到這般地步了，就配合她吧」，而心生近似死心的情緒。

羅倫斯越過赫蘿向村長搭腔：

「您的意思是？」

村長露出再燦爛不過的笑容這麼說：

「請兩位務必到我家裡坐坐！我會為兩位準備最上等的酒！」

害怕大音量的赫蘿，露出拚命在忍耐耳鳴的表情。而赫蘿就這麼帶著痛苦表情抬頭看向羅倫斯說道：

「這真是……多麼慷慨的提議啊……」

然後，赫蘿一副要博命演出的模樣，做了一次短短的深呼吸後，回過頭看向村長。

此刻的赫蘿一心一意地想著要喝酒。

「咱們肯定是受到了神明的庇佑。」

赫蘿本身就是像神明的存在，她根本不把教會所說的神明看在眼裡。

雖然覺得赫蘿真是個令人頭痛的傢伙，但羅倫斯告訴自己或許應該學習赫蘿那為了達到目的，徹底勇往直前的態度。

總而言之，羅倫斯兩人以旅行話題成功換得了一場在村落的酒席。

話說回來，本來就不該在半路上多收集不必要的資訊。

當初為了抄近路，所以向擦身而過的旅行石匠打聽了途中會經過的村落狀況。

那位石匠似乎是在這一帶的村落巡迴，並專門修理小型石橋的橋架或石臼，偶爾也會去城鎮負責重新鋪砌石板路，所以分享了各式各樣的詳細資訊。

對方感覺是個好好先生的工匠，而且應該是出於親切心吧。

雖然有些裝模作樣，但石匠還是熱心地分享了一個資訊。這個資訊就是，聽說村落附近有一股清澈的泉水，而在那裡釀出來的酒非常好喝。

工匠還說，因為領主不可能放著領民釀造出來的好酒不管，所以無論是釀造技術還是被釀造出來的酒，都很少有機會在世面出現。

工匠說自己有一次被當地的領主叫去，並接下針對已經半倒塌的水井，整齊地重新砌上石板的修理工作時，領主就拿出祕藏的酒作為報酬。

對於當時的感動，石匠形容那祕藏的酒散發出彷彿不存在這世上的芳醇香氣，而且有著會讓太陽穴陣陣發麻的濃厚味道。赫蘿在這世上的樂趣，有九成比例都放在飯和酒上，所以石匠描述這話題描述到一半時，長袍底下的尾巴就一直不停在甩動。

更何況，最近羅倫斯的荷包袋口也放得很鬆，停留城鎮時總會忍不住讓赫蘿吃當地名產，或該城鎮評價最高的料理。如果不想為了野狗而傷腦筋，不管看見野狗有多麼飢腸轆轆，都絕對不可以餵東西給野狗吃；這或許是人們會教育小孩子的第一個觀念。

然而，羅倫斯就像個不受教的小孩一樣，只要看見赫蘿露出飢腸轆轆的表情，就會忍不住想要讓赫蘿吃各種好吃的食物。到最後，如同野狗會從山上或森林來到鎮上騷擾人們一樣，吃過好吃料理的美味後，赫蘿就會使出各種招數讓羅倫斯傷腦筋。

一旦吃過好吃料理的美味後，就會想要吃更多一樣的美食，下次也會想要吃更多更好吃的食物。羅倫斯明明預料得到赫蘿一定會變成這樣，卻還是忍不住鬆開荷包。

所以，羅倫斯壓根兒就不可能駕馭得了赫蘿。

「嗯。然後，就在那瞬間，遠處傳來了勇猛的狼叫聲。那聲音聽起來簡直就像勝利的歡呼聲吶……」

赫蘿餘韻十足地說道，最後四周充溢了感嘆的嘆息聲。

所有人聽故事聽得入神，連手上的酒都忘了喝。

「狼隻成群地衝下沼澤，並蜂擁直奔山谷。結果侵入山谷的盜賊們什麼也沒搶到手，就倉皇而逃。留在原地的淨是一些住在谷底的村民。」

「那、那不就變成滿是狼群的山谷？」

「雖然是趕走了盜賊，但這下子不就……你說對不對？」

「對、對啊。就算不再有盜賊，也不知道這樣的狀況是好是壞。」

村民們異口同聲地說著。

某天盜賊襲擊了位於谷底的村落，村落在得不到支援的孤立狀態中，在即將飽受摧殘之際，狼群來襲了。

雖然這故事聽起來未免太過巧合，但似乎沒有任何人起疑。

「那，後來呢？結局是……」

一名村民著急地詢問。

雖然人們經常會以「一群沒見過世面的人」來形容村民，但事實上村民只是擁有性質不同於與城鎮居民的知識，其實有時候村民們對於外面世界的了解，比城鎮居民有深度多了。

像是對於熊或狼等會直接傷害人類的動物，更是如此。

村民們知道狼絕對不會習慣於人群。

不過，正因為如此，村民們才會更期待見到這樣的結局。

「谷底的村民們也抱著跟汝等同樣的想法。所謂屋漏偏逢連夜雨。不對，一個不好的話，狼群可能比盜賊更惡劣。畢竟狼群是說話也說不通的對象。」

赫蘿在臉上浮現殘酷的笑容說道，村民們全都害怕得發抖起來。

村民們必須面對摧毀一切的殘酷狂風，或是應付只能用神明在發怒來形容的冰雹，一路來肯定走過無數辛酸日子。

如同對著狂風或冰雹禱告也不會有效果一樣，只要親眼目睹過不僅會啃噬稻穗，連住家或人類也照樣啃噬的蝗蟲過境，就會深刻體會到向人類以外的存在求救是多麼無意義的事情，哪怕對方是同樣長了眼睛和嘴巴的存在也一樣。

那些生物眼裡看不見任何東西，哪怕對象是人類或其他什麼存在，都只會順著自己的食慾和本能去打倒對方；只要體驗過一次這種令人毛骨悚然的感覺，就一輩子也忘不了。

所謂的狼，就是屈居這類生物頂點的存在。

所有人都緊張地屏息凝視。

赫蘿緩緩舔了一口酒後，開口說：

「不過，一匹狼前進到了排排而站的村民面前。那是一匹夾雜著灰毛的老狼，而村長曾經看過這匹狼。」

「是被救過的那隻狼啊！」

一名興奮過頭的村民大叫後，被另一名村民打了一下頭。

不過，結局再明顯不過了，而大家也都期待見到這樣的結局。

絕對不會習慣於人群的狼竟會沒有忘記過去的恩情，而幫助村落脫離危機。

這種不可能發生的事情，在遙遠地方就有可能發生。

村民們不是在追尋佳話，而是在追尋這樣的可能性。

「最後村民們奉上僅剩的鹽漬肉而度過了難關。不過，村民們並沒有因此被餓死。畢竟狼群不會吃稻穗。所以，村落也勉強熬過了那一年的冬天。」

「哇啊～……」

在場所有男女，當然還有小孩子們也都聽得入神。

在旅館聽人家說故事聽久了，大概就能夠分辨出什麼故事是騙人的，什麼又是真實故事。不過，在這裡就連會分享騙人故事的人都很少。

赫蘿已經說了七、八則這類的故事。其中有幾則故事是和羅倫斯一起被捲入的故事，也有幾則是羅倫斯也沒聽過的故事。

這裡是一座擁有優質泉水，並一桶接著一桶把泉水變成美酒的村落，所以每次赫蘿只要一說「已經想不到故事可說了」，手中的酒杯就會被倒進滿滿的酒。

所以，其中有幾則或許是瞎扯出來的故事。

「再來呢？還有嗎？還有其他這類的故事嗎？」

「不！別說這種故事了，不如說說英雄故事吧！就是跟戰爭有關的故事，這種故事不是到處都會發生嗎？」

「我比較想聽和教會有關的故事耶。我想聽聽巡禮者的故事。聽說貝朗地區的大教會裡有聖母，這是真的嗎？」

村民一個接著一個地提出要求。

說到村長也好不到哪裡去，比起教訓村民們的厚臉皮表現，村長似乎更忙於用削得尖細的石頭，在樹皮卷軸上刻下赫蘿描述的故事。

「嗯~可是，真的是想不出故事了……」

赫蘿一副感到困擾的模樣一邊笑笑，一邊說道，但村民們當然不可能放過她。

「喂！酒好像喝得還不夠，還不快倒酒！」

「來！別客氣！連神明也會允許我們喝酒啊。而且，兩位難得來到這裡，就把你們知道的故事全告訴我們吧！」

姑且不論料理，這裡的酒確實如石匠所說，好喝極了。

平常赫蘿似乎也會為羅倫斯的荷包擔心，但現在只要肯說故事，村民就會願意拿出無止境的酒來請她，所以沒有什麼好過意不去的地方。

赫蘿毫不客氣地大口大口喝下酒後，就會變得更饒舌地再說出各種故事。

不過，赫蘿的酒量並非沒有極限，故事的點子也沒有多得如春天的蒲公英一樣數不清。更何況如果因為宿醉而身體不舒服，就會影響明天以後的行程。

就算沒有叮嚀，相信赫蘿也明白這些道理，但不知道怎麼搞的，在被吵著要聽故事的村民團團包圍下，赫蘿遲遲沒有要起身的意思。

而且，赫蘿表現出雖知道差不多該離開，卻難以起身的感覺。

赫蘿肯定已經真的沒有故事可說，喝下肚的酒也可能已經喝不出味道來了。

羅倫斯在人群最外圍眺望著赫蘿，然後有些遲疑地在思考應該怎麼做。正常來想，現在應該立刻出面阻止，並說著「請明天再來收聽」把赫蘿帶回窩裡。然後，等明天到了後，就不了了之地趕緊出發就好。

這或許是很自私又冷漠的意見，但身為旅人如果不這麼冷淡，就很難繼續走下去。問題是，如果赫蘿有什麼其他想法，而現在硬是拉開赫蘿的話，就可能造成反效果。赫蘿並非如外表般的柔弱女子，其內在有一部分的倔強個性，足以與被寵壞的公主匹敵。

羅倫斯這麼思考時，忽然和赫蘿四眼相交。

赫蘿雖不至於發出像在說「拜託救咱」似的眼神，但也有近似的感覺。

赫蘿似乎領悟到光憑自己的力量，已無法逃離村民圍成的圈子。

羅倫斯感到疲憊地嘆了口氣，然後站起身子。

「真的很抱歉。」

羅倫斯撥開就快擠扁赫蘿的村民們走進去後，霎時破壞了氣氛。

羅倫斯忍不住暗自抱怨起赫蘿硬要他當壞人。

異口同聲的村民們激動地要求赫蘿繼續說下去，但這時村長出面制止了村民。

雖然村長是個純真又好奇心旺盛得像個小孩的人，但應該盡責時還是會善盡職責。

村民們雖然顯得有所不滿，但還是閉上嘴巴，目送羅倫斯攙著赫蘿離開酒宴。

一名女孩手持動物油的油燈，為羅倫斯兩人帶路。

羅倫斯兩人被帶到了位於村長家旁、用來儲存村民們一整年糧食的大倉庫。

比起村民的住處，這棟共用倉庫蓋得更加氣派且堅固。不過，在多數村落裡，這是很正常的事情。

倉庫裡似乎是在倉促之下做了準備，可看見一張用繩子捆綁住麥桿後，再鋪上麻布的床鋪。

羅倫斯知道或許是村民們的貼心舉動，但忍不住想問怎麼只準備一張床？

羅倫斯面帶笑容地拿出一枚價值不算高的銀幣給女孩，並道了謝。

女孩收下銀幣後，便畢恭畢敬地關上大門離去。羅倫斯腦中不禁浮現了女孩欣喜雀躍地跑回家的身影。

「妳怎麼喝到了這種地步，還不打算離席呢？」

羅倫斯讓赫蘿躺在麥桿做成的床鋪上後，看見月光從用來讓空氣循環的天窗照射進來，並正好照在赫蘿的上腹部位置。

羅倫斯因此看不清楚赫蘿的表情，但感覺得出來赫蘿露出嫌煩的表情。

「真是的……」

羅倫斯說道。或許是說了太多話，赫蘿乾渴地咳了一聲，然後從喉嚨深處輕輕發出呻吟聲。

「……水。」

然後，羅倫斯等到了這樣的回應。

「……乖乖等著。」

羅倫斯心想，就算以挖苦口吻做出回應，也不算罪過吧。

就算可以喝到再多免費的酒，也不應該那麼胡鬧，這樣簡直就跟小孩子沒什麼兩樣。

羅倫斯夾雜著嘆息聲環視倉庫一圈，但沒找到水壺。

村落平常應該很少有機會讓旅人過夜，所以村民們似乎沒有設想得這麼周全。

「沒看到水壺啊。等一下，我去取水來。」

說罷，羅倫斯準備離開床鋪的那一刻——

「咱也……」

說著，赫蘿抓住了羅倫斯的褲子。

赫蘿平常喝醉酒一躺上床後，除非到隔天中午絕對不可能起床，今天難得看到她會這樣。

「說太多話了……臉好燙。這附近有清澈的小河唄？」

赫蘿被那麼多村民推擠，又喝了酒，確實會想要洗把臉吧。

羅倫斯讓赫蘿搭著肩，然後走出倉庫。

「呼……」

走出倉庫後，赫蘿一副總算喘過氣來的模樣嘆了口氣。

赫蘿的個性，原本就是只要人們有求於她，儘管嘴上抱怨，還是會高興地忍不住卯足勁回應人們。

赫蘿應該已經醉意很深了，但還是很慷慨地和村民們分享。

「不過，妳們看起來很愉快的樣子就是了。」

雖然腳步有些搖搖晃晃，但赫蘿似乎沒有喝得那麼醉，還能夠自己好好走路。

或許赫蘿本來就能夠自己好好走路，只是故意假裝喝醉而已。

每次為了某件事情努力過後，赫蘿總會顯得很難為情的樣子。

赫蘿假裝喝醉是為了掩飾難為情的可能性很高。

「……噗哈！」

兩人穿過寧靜的鄉村小道來到小河後，赫蘿用冰冷的清水洗了臉。

在公主用水洗臉並滋潤喉嚨的這段時間，身為男僕的羅倫斯一直在後方用一隻手抓住赫蘿的頭髮，另一隻手扶著赫蘿。

喝了相當大量的水後，赫蘿一副彷彿在說「喝夠了」似的模樣抬起頭，於是羅倫斯幫赫蘿挺起身體。

然後，羅倫斯用事先掛在腰上的毛巾幫赫蘿擦臉，接著順便也幫她擦了雙手。

雖然沒有半句道謝話語，但赫蘿一站起來，就立刻牽住羅倫斯的手。

赫蘿表現出彷彿在說「這樣就夠了唄？」似的態度，而羅倫斯在被牽住手後，事實上也沒得抱怨了。

「不過吶。」

「嗯？」

從小河通往倉庫的小路直直向前延伸，其寬度正好足夠兩人並肩而行。

月光籠罩下，羅倫斯與赫蘿兩人一起踱步時，聽到赫蘿緩緩開口說：

「咱沒料到村民們會那麼纏人。不過，咱很勉強地沒有露出馬腳就是了……」

赫蘿停頓下來做了一次呼吸後，顯得難為情地笑笑說：

「說到一半時，咱忍不住害怕了起來。」

羅倫斯有些意外地心想，原來赫蘿也有害怕的時候。

「人類比較可怕。不管是狼或熊，只要吃飽肚子就滿足了。但是，人類會一直、一直無限度地要求。尤其是對不具形體的東西，更是如此。」

雖然赫蘿一副受不了的模樣說道，但側臉看起來顯得有些開心。

赫蘿有一部分應該是抱著自我反省的心態吧。

「如果妳能夠隨時記住這點，我會很感激。」

「唔。」

赫蘿雖然露出不悅表情，但沒有從羅倫斯身上離開，反而是用頭頂了一下羅倫斯的手臂。

「不過，汝啊。」

「嗯？」

「不知道那些傢伙是在期待咱什麼？」

看見赫蘿的側臉不像在開玩笑，羅倫斯思考了一下子後，回答說：

「還能有什麼……當然是……」

「咱當然知道那些傢伙是想聽到有趣的故事。咱不是這個意思。」

赫蘿的不耐煩音調中帶著刺。

酒精作用下，赫蘿的情感起伏似乎變得很大。

「咱不是這個意思……咱說的故事，並不是真的有趣到能夠讓他們那麼認真聆聽唄？還是說，咱說的故事真的那麼有趣嗎？當中有幾則故事……根本一聽就知道是騙人的。」

羅倫斯略帶著苦笑心想「果然有騙人的故事」，但也大概能夠理解赫蘿想表達的意思。

畢竟村民們纏著她的態度，簡直可以用至死方休來形容。

比起聽故事的樂趣，村民們的態度甚至有種能夠「多打聽出一些故事更重要」的感覺。

對赫蘿來說，這肯定是會讓她嚇傻了眼的事情。

儘管已經喝醉酒也找不到話題可說，赫蘿仍然沒有從座位上站起來，或許這是因為村民們表現出令人無法理解的拚命態度，讓赫蘿嚇得雙腳失去力量也說不定。

不過，羅倫斯很快地在心中準備好了簡單的答案。

這答案單純得如果直接說出來，有可能會惹火赫蘿。

所以，羅倫斯打算加一些點綴，讓內容更像答案一些，但卻不知道要從何開口。

羅倫斯死心地先以一句「簡單來說」為開場白，然後接續說：

「因為他們是村民。」

這句話聽起來肯定很像隱居賢者會給的壞心眼答案。

赫蘿臭著臉抬頭仰望羅倫斯。

其實，羅倫斯還挺喜歡看見有些生氣而露出不悅表情的赫蘿。

不過，親切的村民們只準備了一張麥桿床鋪。

羅倫斯不想睡在硬邦邦的地上，所以這麼說：

「這條路。」

羅倫斯指著兩人正在步行前進的道路。

這條平整道路從小河延伸出來，途中經過幾間住家和村長住處，最後通往倉庫。

「應該是村落裡最平整的道路。」

赫蘿先回頭看看後方，再看看前方，最後看向羅倫斯，露出「那又怎樣？」的懷疑眼神。

「剛才一路走來，妳沒發現什麼嗎？」

聽到羅倫斯的詢問後，赫蘿的表情變得更加詫異。赫蘿深鎖著眉頭，看起來甚至像在生氣。

因為羅倫斯也不覺得赫蘿會想出正確答案，所以在赫蘿當真發怒之前，趕緊說出正確答案：

「這條路的寬度正好適合兩個人牽手一起走路。」

「……唔？」

「從小河一路走到終點。」

因為赫蘿的外表實在不像大人，加上赫蘿是依偎在羅倫斯身上走路，所以還不至於佔滿整個路寬。

儘管如此，赫蘿還是對羅倫斯的發言表示贊同。

「不過，如果是兩輛馬車要交會，就會太過狹窄，事實上應該是在田裡的那條道路會比較寬敞吧。」

有時候村落正因為位在偏僻地區，所以在鋪設道路用來搬運麥桿束、農作物或家畜時，會保留寬敞的路寬。

「儘管如此，每一座村落用來串連住戶的這類道路，還是只有像這條路一樣不寬不窄的寬度。這是有原因的。」

「嗯……？」

雖然赫蘿沒有再表現出不悅態度，但似乎隱約透露出「汝最好給一個有趣一點答案」的氣氛。
不過，羅倫斯不大在意地笑笑說：
「只要走走看，就會知道答案。而這個答案也會是妳那個問題的答案。」
「嗯……」
既然汝都這麼說了，就走走看唄。
赫蘿嘆了口氣表現出這般心情後，與羅倫斯兩人悠哉地走在路上。
因為此刻是寒冷冬季，所以看不到青蛙，也聽不到蟲叫聲。
眼前的光景一片寧靜，並且讓人覺得接下來的路程也會如此寧靜。
感受著只存在相連手掌心之間的溫暖下，在沒有其他岔路可行的單純道路上直直前進。
這裡是一座羅倫斯也不知道名字的村落，所以面積也不是那麼大。
兩人一下子就到達了道路終點。
到達終點時，赫蘿稍微加重力道握住羅倫斯的手。
「這就是答案。」
說著，羅倫斯看向身旁的赫蘿。
赫蘿靜靜地站在原地不動，並且直直注視著道路終點。
「雖然這座村落的出發點是小河，但依村落不同，有時候可能會是水井。總之，就是從有水的地方出發，然後到達這裡。現在妳知道這條道路為何會設計成不寬不窄的寬度了吧？」

雖說可看見月亮高掛天空，但這裡畢竟不是會刻意在半夜裡前來的地方。

眼前是村落的墓地，也是村民們的人生終點。

「這寬度用來扛棺材正好，是麼？」

「沒錯。先在小河為出生嬰兒洗第一次澡，死後則會抵達這條道路的終點。大白天裡，從小河就可以直直看到這裡來。村民們的人生沒有轉角，也沒有岔路。他們出生和死亡的地點老早就被決定了。所以，他們才會想要知道外面的世界。」

外面的世界有不有趣，根本是次要問題。

赫蘿輕輕撫摸圍起墓地的柵欄木樁，然後吐出一道又細又長的白色氣息。

「這樣妳能理解了吧？」

赫蘿點了點頭。

點了點頭後，赫蘿露出感到傷腦筋的表情笑笑說：

「早知道就多說一些故事。」

赫蘿依舊是如此地溫柔。

「不過，嗯……」

赫蘿抬高下巴，環視了不算寬敞的墓地一圈後，微微傾著頭接續說：

「對多數人來說，這是很理所當然的事實唄。」

「是啊，正因為如此，旅行商人才可能做成生意。」

聽到羅倫斯的回應後，赫蘿笑著說：「的確。」

「不過，世上真的有太多咱們不懂的事情。這次咱又多學會了一件事。」

赫蘿刻意說得快活，然後鬆開羅倫斯的手，並當場轉過身子。

「那麼，現在謎題解開了，該回去了唄？咱的醉意都快退去了。」

「我贊成。而且，明天還多的是時間……」

羅倫斯停頓了好一會兒後，重新握緊赫蘿一度鬆開的手，把話說了下去：

「我們的旅途還沒結束呢。」

只要旅途還沒結束，就沒有人知道會發生什麼事。

不管開心的、悲傷的或痛苦的事情，都有可能在旅途上遭遇。

不過，只要有一條足夠讓兩人牽手同行的道路不斷延伸，就能夠繼續往前行。

赫蘿抬頭仰望羅倫斯，並微微嘟起唇形美麗的嘴巴笑笑。

然後，赫蘿抬高下巴並露出滿足笑容說：「嗯。」

完

後記

這是最後一篇後記。老實說，我找不到題材好寫了。

在《狼與辛香料》全系列中，我已經把所有想寫的題材全寫了上去。這本作品是以第十六集的「後續發展」為主，而寫下的短篇插曲。不過，寫作過程中，卻讓我吃了不少苦頭。因為我真的找不到題材好寫。

不過，真的很奇妙，如果要問我這樣是不是寫得很辛苦，我的答案是「不會」。我反而覺得很開心。

真的，我真的真的已經把所有想寫的東西全寫過了，想做的事情都做了！

這是我人生第一次能夠有這樣的想法。我是個凡事都容易感到厭煩的人，每次好不容易開始習慣某件事情，就會感到厭煩而中途而廢。我的人生一直在反覆這樣的動作。

而且，最初找不到題材可寫時，真的就像一場惡夢一樣。我因為害怕這種事情發生，所以讀了很多書。不過，現在看來，找不到題材可寫似乎另有真正意義。這讓我忍不住聳聳肩，並感到疲憊地露出苦笑說：「原來還會有這種事情呢。」（這或許是《狼與辛香料》式的幽默吧）。

儘管如此，畢竟是花了整整五年時間寫下小說和所有角色，所以著手寫作後，還是可以搜括到一些角色們的殘存記憶。不過，這種搜括式寫作方法只允許在最後一次使用。

〈幕間〉和〈終幕〉就是利用這僅有一次的方法所寫出來的作品。我後來回過頭閱讀時，才發現同時收錄在這本書的其他短篇故事，也是在有些意識到結局之下寫出來的作品，連我自己都嚇了一跳。

《狼與辛香料》系列的最後一本作品——第十七集就這樣誕生了，希望大家能夠開心地閱讀到最後。

好了，雖然我剛剛才說已經把想寫的題材全寫上去了，但現在又冒出幾個想寫的題材了。第十六集時，我說過新作品差不多會在夏天跟大家見面……想到當時的樂觀態度，還真想痛罵自己一頓。新作品在今年內會跟大家見面！真的！

另外，我私底下也會從事一些創作活動，如果大家在某處看到我的作品，還請多多給予指教。

那麼，走過一段漫長旅程的《狼與辛香料》將在此劃下句點。

在本系列給予協助的夥伴們，以及一路支持本系列到最後的讀者朋友們，我在此由衷地感謝各位，並正式為《狼與辛香料》拉下布幕。

文倉凍砂

©YASHICHIRO TAKAHASHI 2010

Kadokawa Light Novels

灼眼的夏娜 S~SII、0~21待續

Kadokawa Fantastic Novels

作者：高橋彌七郎　插畫：いとうのいぢ

天譴神的合約人・夏娜VS創造神的代理者・悠二
超人氣輕小說《灼眼的夏娜》邁入衝擊性的高潮！

整座御崎市都被巨大封絕所包覆。創造神「祭禮之蛇」的代理者・坂井悠二與天譴神的合約人夏娜，雙方處於對峙狀態。少女的手中，握著跟長度與身高相仿的武士大刀；少年的手中，握著單手持用的寬刃巨劍。突然，話音重疊：「「──了斷吧──」」

各 **NT$180~220/HK$50~60**

台湾角川

Kadokawa Light Novels

©SATOSHI WAGAHARA/ASCII MEDIA WORKS 2011

打工吧！魔王大人 1 待續

Kadokawa Fantastic Novels

作者：和ヶ原聡司　插畫：029

第17屆電擊小說大賞〈銀賞〉得獎作
魔王化為平民的奇幻故事親切登場！

原本即將征服世界的魔王撒旦卻遭勇者擊敗，被迫漂流到異世界「日本」。為了賺取生活費，魔王將三坪大的公寓當成臨時魔王城，開始過著打工族的生活。沒想到勇者竟追隨他的腳步穿越時空而來……一齣平民路線的奇幻故事就此展開！

台湾角川

NT$200/HK$55

©YUYUKO TAKEMIYA 2011

Kadokawa Light Novels

青春紀行 1~2 待續

Kadokawa Fantastic Novels

作者：竹宮ゆゆこ　插畫：駒都えーじ

万里與香子陰錯陽差成了好朋友!?
失去記憶的生活將會一帆風順嗎？

就讀大學、來到東京、一個人生活，許多第一次經驗讓多田万里興奮不已，卻在入學典禮當天突然遭到玫瑰花束攻擊。兇手名為加賀香子，聽說是為了跟隨青梅竹馬——也就是万里的好友柳澤進入同一間大學。大學戀愛故事第2集登場！

各 **NT$180/HK$50**

台湾角川

Kadokawa Light Novels

©HIROKI IWATA 2010

Kadokawa Fantastic Novels

花×華 1~2 待續

作者：岩田洋季　插畫：涼香

園端夕與「兩個HANA」的戀愛故事，
即將邁入酷熱的夏之章！

影研會為了拍攝新的電影，趁著暑假來到海邊的旅館集訓……既然拍攝地點在海邊，就免不了要穿泳裝。成宮花身穿比基尼，而東雲華則穿著類似細肩帶背心的兩截式泳裝。兩人第一次有機會和夕在外過夜，雖然害臊卻也隱藏不住內心的興奮——

台湾角川

各 NT$200/HK$55

國家圖書館出版品預行編目資料

狼與辛香料 . XVII, Epilogue / 支倉凍砂作 ;
林冠汾譯 . -- 初版 . -- 臺北市 :
臺灣國際角川 , 2012.01
　冊 ;　公分
譯自 : 狼と香辛料 . XVII, Epilogue
ISBN 978-986-287-554-4(平裝)

861.57　　　　　　　　　　100025495

Kadokawa
Fantastic
Novels

狼與辛香料 XVII
Epilogue

（原著名：狼と香辛料 XVII Epilogue）

2012年2月1日 初版第1刷發行
2024年6月17日 初版第14刷發行

作 者：支倉凍砂
插 畫：文倉十
日版設計：渡辺宏一
譯 者：林冠汾

發行人：台灣角川股份有限公司
總 監：呂慧君
總編輯：蔡佩芬
主 編：林秀儒
編 輯：黎夢萍
設計指導：陳晞叡
美術設計：莊捷寧
印 務：李明修（主任）、張加恩（主任）、張凱棋、潘尚琪

發行所：台灣角川股份有限公司
地 址：104台北市中山區松江路223號3樓
電 話：（02）2515-3000
傳 真：（02）2515-0033
網 址：www.kadokawa.com.tw
劃撥帳戶：台灣角川股份有限公司
劃撥帳號：19487412
法律顧問：有澤法律事務所
製 版：巨茂科技印刷有限公司
ISBN：978-986-287-554-4

※版權所有，未經許可，不許轉載。
※本書如有破損、裝訂錯誤，請持購買憑證回原購買處或連同憑證寄回出版社更換

SPICE & WOLF XVII
©ISUNA HASEKURA 2011
Edited by 電撃文庫
First published in Japan in 2011 by KADOKAWA CORPORATION, Tokyo.
Complex Chinese translation rights arranged with KADOKAWA CORPORATION, Tokyo.